Johann Wolfgang von Goethe

Goethes ausgewählte Werke

Zweiter Band

Johann Wolfgang von Goethe

Goethes ausgewählte Werke
Zweiter Band

ISBN/EAN: 9783741124778

Hergestellt in Europa, USA, Kanada, Australien, Japan

Cover: Foto ©Andreas Hilbeck / pixelio.de

Manufactured and distributed by brebook publishing software
(www.brebook.com)

Johann Wolfgang von Goethe

Goethes ausgewählte Werke

Goethes

ausgewählte Werke

in zwölf Bänden.

——— ———

Zweiter Band.

Inhalt: Gedichte. Zweiter Teil.

Stuttgart.

J. G. Cotta'sche Buchhandlung

Nachfolger.

Inhalt.

Sonette.

Liebe will ich liebend leben,
Jede Form, sie kommt von oben.

I.

Mächtiges Ueberraschen.

Ein Strom entrauscht umwölktem Felsensaale,
Dem Ozean sich eilig zu verbinden;
Was auch sich spiegeln mag von Grund zu Gründen,
Er wandelt unaufhaltsam fort zu Thale.

Dämonisch aber stürzt mit einemmale —
Ihr folgten Berg und Wald in Wirbelwinden —
Sich Oreas, Behagen dort zu finden,
Und hemmt den Lauf, begrenzt die weite Schale.

Die Welle sprüht und staunt zurück und weichet
Und schwillt bergan, sich immer selbst zu trinken;
Gehemmt ist nun zum Vater hin das Streben.

Sie schwankt und ruht, zum See zurückgedeichet;
Gestirne, spiegelnd sich, beschaun das Blinken
Des Wellenschlags am Fels, ein neues Leben.

II.

Freundliches Begegnen.

Im weiten Mantel bis ans Kinn verhüllet,
Ging ich den Felsenweg, den schroffen, grauen,
Hernieder dann zu winterhaften Auen,
Unruh'gen Sinns, zur nahen Flucht gewillet.

Auf einmal schien der neue Tag enthüllet:
Ein Mädchen kam, ein Himmel anzuschauen,
So musterhaft, wie jene lieben Frauen
Der Dichterwelt. Mein Sehnen war gestillet.

Doch wandt' ich mich hinweg und ließ sie gehen
Und wickelte mich enger in die Falten,
Als wollt' ich trutzend in mir selbst erwarmen;

Und folgt' ihr doch. Sie stand. Da war's geschehen!
In meiner Hülle konnt' ich mich nicht halten,
Die warf ich weg, Sie lag in meinen Armen.

III.

Kurz und gut.

Sollt' ich mich denn so ganz an Sie gewöhnen?
Das wäre mir zuletzt doch reine Plage.
Darum versuch' ich's gleich am heut'gen Tage
Und nahe nicht dem vielgewohnten Schönen.

Wie aber mag ich dich, mein Herz, versöhnen,
Daß ich im wicht'gen Fall dich nicht befrage?
Wohlan! Komm her! Wir äußern unsre Klage
In liebevollen, traurig heitern Tönen.

Siehst du, es geht! Des Dichters Wink gewärtig,
Melodisch klingt die durchgespielte Leier,
Ein Liebesopfer traulich darzubringen.

Du denkst es kaum, und sieh! das Lied ist fertig;
Allein, was nun? — Ich dächt', im ersten Feuer
Wir eilten hin, es vor ihr selbst zu singen.

IV.

Das Mädchen spricht.

Du siehst so ernst, Geliebter! Deinem Bilde
Von Marmor hier möcht' ich dich wohl vergleichen:
Wie dieses gibt du mir kein Lebenszeichen;
Mit dir verglichen zeigt der Stein sich milde.

Der Feind verbirgt sich hinter seinem Schilde,
Der Freund soll offen seine Stirn uns reichen.
Ich suche dich, du suchst mir zu entweichen;
Doch halte stand, wie dieses Kunstgebilde.

An wen von beiden soll ich nun mich wenden?
Sollt' ich von beiden Kälte leiden müssen,
Da dieser tot und du lebendig heißest?

Kurz, um der Worte mehr nicht zu verschwenden,
So will ich diesen Stein so lange küssen,
Bis eifersüchtig du mich ihm entreißest.

V.

Wachstum.

Als kleines art'ges Kind nach Feld und Auen
Sprangst du mit mir so manchen Frühlingsmorgen.
„Für solch ein Töchterchen, mit holden Sorgen,
Möcht' ich als Vater segnend Häuser bauen!"

Und als du anfingst in die Welt zu schauen,
War deine Freude häusliches Besorgen.
„Solch eine Schwester! und ich wär' geborgen:
Wie könnt' ich ihr, ach! wie sie mir vertrauen!"

Nun kann den schönen Wachstum nichts beschränken;
Ich fühl' im Herzen heißes Liebetoben.
Umfass' ich sie, die Schmerzen zu beschwicht'gen?

Doch, ach! nun muß ich dich als Fürstin denken:
Du stehst so schroff vor mir emporgehoben;
Ich beuge mich vor deinem Blick, dem flücht'gen.

VI.

Reisezehrung.

Entwöhnen sollt' ich mich vom Glanz der Blicke,
Mein Leben sollten sie nicht mehr verschönen.
Was man Geschick nennt, läßt sich nicht versöhnen,
Ich weiß es wohl und trat bestürzt zurücke.

Nun wußt' ich auch von keinem weitern Glücke;
Gleich fing ich an von diesen und von jenen
Notwend'gen Dingen sonst mich zu entwöhnen:
Notwendig schien mir nichts als ihre Blicke.

Des Weines Glut, den Vielgenuß der Speisen,
Bequemlichkeit und Schlaf und sonst'ge Gaben,
Gesellschaft wies ich weg, daß wenig bliebe.

So kann ich ruhig durch die Welt nun reisen:
Was ich bedarf, ist überall zu haben,
Und Unentbehrlich's bring' ich mit — die Liebe.

VII.

Abschied.

War unersättlich nach viel tausend Küssen
Und mußt' mit einem Kuß am Ende scheiden;
Nach herber Trennung tief empfundnen Leiden
War mir das Ufer, dem ich mich entrissen,

Mit Wohnungen, mit Bergen, Hügeln, Flüssen,
So lang ich's deutlich sah, ein Schatz der Freuden;
Zuletzt im Blauen blieb ein Augenweiden
An fernentwichnen lichten Finsternissen.

Und endlich, als das Meer den Blick umgrenzte,
Fiel mir zurück ins Herz mein heiß Verlangen;
Ich suchte mein Verlornes gar verdrossen.

Da war es gleich, als ob der Himmel glänzte;
Mir schien, als wäre nichts mir, nichts entgangen,
Als hätt' ich alles, was ich je genossen.

VIII.

Die Liebende schreibt.

Ein Blick von deinen Augen in die meinen,
Ein Kuß von deinem Mund auf meinem Munde,
Wer davon hat, wie ich, gewisse Kunde,
Mag dem was anders wohl erfreulich scheinen?

Entfernt von dir, entfremdet von den Meinen,
Führ' ich stets die Gedanken in die Runde,
Und immer treffen sie auf jene Stunde,
Die einzige; da fang' ich an zu weinen.

Die Thräne trocknet wieder unversehens:
Er liebt ja, denk' ich, her in diese Stille,
Und solltest du nicht in die Ferne reichen?

Vernimm das Lispeln dieses Liebewehens;
Mein einzig Glück auf Erden ist dein Wille,
Dein freundlicher zu mir; gib mir ein Zeichen!

IX.

Die Liebende abermals.

Warum ich wieder zum Papier mich wende?
Das mußt du, Liebster, so bestimmt nicht fragen:
Denn eigentlich hab' ich dir nichts zu sagen;
Doch kommt's zuletzt in deine lieben Hände.

Weil ich nicht kommen kann, soll, was ich sende,
Mein ungeteiltes Herz hinüber tragen
Mit Wonnen, Hoffnungen, Entzücken, Plagen:
Das alles hat nicht Anfang, hat nicht Ende.

Ich mag vom heut'gen Tag dir nichts vertrauen,
Wie sich im Sinnen, Wünschen, Wähnen, Wollen
Mein treues Herz zu dir hinüber wendet:

So stand ich einst vor dir, dich anzuschauen,
Und sagte nichts. Was hätt' ich sagen sollen?
Mein ganzes Wesen war in sich vollendet.

X.

Sie kann nicht enden.

Wenn ich nun gleich das weiße Blatt dir schickte,
Anstatt daß ich's mit Lettern erst beschreibe,
Ausfülltest du's vielleicht zum Zeitvertreibe
Und sendetest's an mich, die Hochbeglückte.

Wenn ich den blauen Umschlag dann erblickte,
Neugierig schnell, wie es geziemt dem Weibe,
Riss' ich ihn auf, daß nichts verborgen bleibe;
Da läs' ich, was mich mündlich sonst entzückte:

Lieb Kind! Mein artig Herz! Mein einzig Wesen!
Wie du so freundlich meine Sehnsucht stilltest
Mit süßem Wort und mich so ganz verwöhntest.

Sogar dein Lispeln glaubt' ich auch zu lesen,
Womit du liebend meine Seele fülltest
Und mich auf ewig vor mir selbst verschöntest.

XI.

Nemesis.

Wenn durch das Volk die grimme Seuche wütet,
Soll man vorsichtig die Gesellschaft lassen.
Auch hab ich oft mit Zaudern und Verpassen
Vor manchen Influenzen mich gehütet.

Und obgleich Amor öfters mich begütet,
Mocht' ich zuletzt mich nicht mit ihm befassen.
So ging mir's auch mit jenen Lacrimassen,
Als vier- und dreifach reimend sie gebrütet.

Nun aber folgt die Strafe dem Verächter,
Als wenn die Schlangenfackel der Erinnen
Von Berg zu Thal, von Land zu Meer ihn triebe.

Ich höre wohl der Genien Gelächter;
Doch trennet mich von jeglichem Besinnen
Sonettenwut und Raserei der Liebe.

XII.

Christgeschenk.

Mein süßes Liebchen! Hier in Schachtelwänden
Gar mannigfalt geformte Süßigkeiten:
Die Früchte sind es heil'ger Weihnachtszeiten,
Gebackne nur, den Kindern auszuspenden!

Dir möcht' ich dann mit süßem Redewenden
Poetisch Zuckerbrot zum Fest bereiten;
Allein was soll's mit solchen Eitelkeiten?
Weg den Versuch, mit Schmeichelei zu blenden!

Doch gibt es noch ein Süßes, das vom Innern
Zum Innern spricht, genießbar in der Ferne,
Das kann nur bis zu dir hinüber wehen.

Und fühlst du dann ein freundliches Erinnern,
Als blinkten froh der wohlbekannte Sterne,
Wirst du die kleinste Gabe nicht verschmähen.

XIII.
Warnung.

Am jüngsten Tag, wenn die Posaunen schallen
Und alles aus ist mit dem Erdeleben,
Sind wir verpflichtet, Rechenschaft zu geben
Von jedem Wort, das unnütz uns entfallen.

Wie wird's nun werden mit den Worten allen,
In welchen ich so liebevoll mein Streben
Um deine Gunst dir an den Tag gegeben,
Wenn diese bloß an deinem Ohr verhallen?

Darum bedenk', o Liebchen! dein Gewissen,
Bedenk' im Ernst, wie lange du gezaudert,
Daß nicht der Welt solch Leiden widerfahre.

Werd' ich berechnen und entschuld'gen müssen,
Was alles unnütz ich vor dir geplaudert,
So wird der jüngste Tag zum vollen Jahre.

XIV.
Die Zweifelnden.

Ihr liebt und schreibt Sonette! Weh der Grille!
Die Kraft des Herzens, sich zu offenbaren,
Soll Reime suchen, sie zusammenpaaren;
Ihr Kinder, glaubt, ohnmächtig bleibt der Wille.

Ganz ungebunden spricht des Herzens Fülle
Sich kaum noch aus: sie mag sich gern bewahren;
Dann Stürmen gleich durch alle Saiten fahren,
Dann wieder senken sich zu Nacht und Stille.

Was quält ihr euch und uns, auf jähem Stege
Nur Schritt vor Schritt den läst'gen Stein zu wälzen,
Der rückwärts lastet, immer neu zu mühen?

Die Liebenden.

Im Gegenteil, wir sind auf rechtem Wege!
Das Allerstarrste freudig aufzuschmelzen,
Muß Liebesfeuer allgewaltig glühen.

XV.

Mädchen.

Ich zweifle doch am Ernst verschränkter Zeilen!
Zwar lausch' ich gern bei deinen Silbespielen;
Allein mir scheint, was Herzen redlich fühlen,
Mein süßer Freund, das soll man nicht befeilen.

Der Dichter pflegt, um nicht zu langeweilen,
Sein Innerstes von Grund aus umzuwühlen;
Doch seine Wunden weiß er auszufühlen,
Mit Zauberwort die tiefsten auszuheilen.

Dichter.

Schau, Liebchen, hin! Wie geht's dem Feuerwerker?
Trauf ausgelernt, wie man nach Maßen wettert,
Irrgänglich-klug miniert er seine Grüfte;

Allein die Macht des Elements ist stärker,
Und eh' er sich's versieht, geht er zerschmettert
Mit allen seinen Künsten in die Lüfte.

XVI.

Epoche.

Mit Flammenschrift war innigst eingeschrieben
Petrarcas Brust vor allen andern Tagen
Karfreitag. Eben so, ich darf's wohl sagen,
Ist mir Advent von Achtzehnhundertsieben.

Ich fing nicht an, ich fuhr nur fort, zu lieben
Sie, die ich früh im Herzen schon getragen,
Dann wieder weislich aus dem Sinn geschlagen,
Der ich nun wieder bin ans Herz getrieben.

Petrarcas Liebe, die unendlich hohe,
War leider unbelohnt und gar zu traurig,
Ein Herzensweh, ein ewiger Karfreitag;

Doch stets erscheine, fort und fort, die frohe,
Süß, unter Palmenjubel, wonneschaurig,
Der Herrin Ankunft mir, ein ew'ger Maitag.

XVII.

Scharade.

Zwei Worte sind es, kurz, bequem zu sagen,
Die wir so oft mit holder Freude nennen,
Doch keineswegs die Dinge deutlich kennen,
Wovon sie eigentlich den Stempel tragen.

Es thut gar wohl in jung- und alten Tagen,
Eins an dem andern festlich zu verbrennen;
Und kann man sie vereint zusammen nennen,
So drückt man aus ein seliges Behagen.

Nun aber such' ich ihnen zu gefallen
Und bitte, mit sich selbst mich zu beglücken;
Ich hoffe still, doch hoff' ich's zu erlangen:

Als Namen der Geliebten sie zu lallen,
In einem Bild sie beide zu erblicken,
In einem Wesen beide zu umfangen.

Vermischte Gedichte.

Wie so bunt der Kram gewesen.
Musterkarte, gib's zu lesen!

Deutscher Parnaß.

Unter diesen
Lorbeerbüschen,
Auf den Wiesen,
An den frischen
Wasserfällen
Meines Lebens zu genießen,
Gab Apoll dem heitern Knaben;
Und so haben
Mich im stillen,
Nach des Gottes hohem Willen,
Hehre Musen auferzogen,
Aus den hellen
Silberquellen
Des Parnassus mich erquicket
Und das keusche reine Siegel
Auf die Lippen mir gedrücket.

Und die Nachtigall umkreiset
Mich mit dem bescheidnen Flügel;
Hier in Büschen, dort auf Bäumen
Ruft sie die verwandte Menge,
Und die himmlischen Gesänge
Lehren mich von Liebe träumen.

Und im Herzen wächst die Fülle
Der gesellig edlen Triebe,
Nährt sich Freundschaft, keimet Liebe,
Und Apoll belebt die Stille
Seiner Thäler, seiner Höhen.
Süße laue Lüfte wehen.
Alle, denen er gewogen,
Werden mächtig angezogen,
Und ein Edler folgt dem andern.

Dieser kommt mit munterm Wesen
Und mit offnem, heitrem Blicke;
Diesen seh' ich ernster wandeln;
Und ein andrer, kaum genesen,
Ruft die alte Kraft zurücke;

Denn ihm drang durch Mark und Leben
Die verderblich holde Flamme;
Und was Amor ihm entwendet,
Kann Apoll nur wiedergeben:
Ruh und Lust und Harmonieen
Und ein kräftig rein Bestreben.

Auf, ihr Brüder!
Ehrt die Lieder!
Sie sind gleich den guten Thaten.
Wer kann besser als der Sänger
Dem verirrten Freunde raten?
Wirke gut, so wirkst du länger,
Als es Menschen sonst vermögen.

Ja! ich höre sie von weiten:
Ja! sie greifen in die Saiten.
Mit gewalt'gen Götterschlägen
Rufen sie zu Recht und Pflichten
Und bewegen,
Wie sie singen, wie sie dichten,
Zum erhabensten Geschäfte,
Zu der Bildung aller Kräfte.

Auch die holden Phantasieen
Blühen
Rings umher auf allen Zweigen,
Die sich balde,
Wie im holden Zauberwalde,
Voller goldnen Früchte beugen.

Was wir fühlen, was wir schauen
In dem Land der höchsten Wonne,
Dieser Boden, diese Sonne
Locket auch die besten Frauen.
Und der Hauch der lieben Musen
Weckt des Mädchens zarten Busen,
Stimmt die Kehle zum Gesange,
Und mit schöngefärbter Wange
Singet sie schon würd'ge Lieder,
Setzt sich zu den Schwestern nieder,
Und es singt die schöne Kette,
Zart und zärter, um die Wette.

Doch die eine
Geht alleine

Bei den Buchen,
Unter Linden,
Dort zu suchen,
Dort zu finden,
Was im stillen Morgenhaine
Amor schalkisch ihr entwendet:
Ihres Herzens holde Stille,
Ihres Busens erste Fülle.
Und sie träget in die grünen
Schattenwälder,
Was die Männer nicht verdienen,
Ihre lieblichen Gefühle;
Scheuet nicht des Tages Schwüle,
Achtet nicht des Abends Kühle
Und verliert sich in die Felder.
Stört sie nicht auf ihren Wegen!
Muse, geh ihr still entgegen!

Doch was hör' ich? Welch ein Schall
Ueberbraust den Wasserfall?
Sauset heftig durch den Hain?
Welch ein Lärmen, welch ein Schrein?
Ist es möglich, seh' ich recht?
Ein verwegenes Geschlecht
Dringt ins Heiligtum herein.

Hier hervor
Strömt ein Chor!
Liebeswut,
Weinesglut
Rast im Blick.
Sträubt das Haar!
Und die Schar,
Mann und Weib —
Tigerfell
Schlägt umher —
Ohne Scheu
Zeigt den Leib.
Und Metall,
Rauher Schall,
Grellt ins Ohr.
Wer sie hört,
Wird gestört.
Hier hervor
Drängt das Chor;

Alles flieht,
Wer sie sieht.

Ach, die Büsche sind geknickt!
Ach, die Blumen sind erstickt
Von den Sohlen dieser Brut.
Wer begegnet ihrer Wut?

Brüder, laßt uns alles wagen!
Eure reine Wange glüht.
Phöbus hilft sie uns verjagen,
Wenn er unsre Schmerzen sieht;
Und uns Waffen
Zu verschaffen,
Schüttert er des Berges Wipfel,
Und vom Gipfel
Prasseln Steine
Durch die Haine.
Brüder, faßt sie mächtig auf!
Schloßenregen
Ströme dieser Brut entgegen
Und vertreib' aus unsern milden
Himmelreinen Lustgefilden
Diese Fremden, diese Wilden!

Doch, was seh' ich?
Ist es möglich?
Unerträglich
Fährt es mir durch alle Glieder,
Und die Hand
Sinket von dem Schwunge nieder.
Ist es möglich?
Keine Fremden!
Unsre Brüder
Zeigen ihnen selbst die Wege!
O die Frechen!
Wie sie mit den Klapperblechen
Selbst voraus im Takte ziehn!
Gute Brüder, laßt uns fliehn!

Doch ein Wort zu den Verwegnen!
Ja, ein Wort soll euch begegnen,
Kräftig wie ein Donnerschlag.
Worte sind des Dichters Waffen;
Will der Gott sich Recht verschaffen,
Folgen seine Pfeile nach.

War es möglich, eure hohe Götterwürde
Zu vergessen! Ist der rohe
Schwere Thyrsus keine Bürde
Für die Hand, auf zarten Saiten
Nur gewöhnet hinzugleiten?
Aus den klaren Wasserfällen,
Aus den zarten Rieselwellen
Tränket ihr
(Gar Silens abscheulich Tier?
Dort entweiht es Aganippen
Mit den rohen breiten Lippen,
Stampft mit ungeschickten Füßen,
Bis die Wellen trübe fließen.

O, wie möcht' ich gern mich täuschen;
Aber Schmerzen fühlt das Ohr;
Aus den keuschen
Heil'gen Schatten
Dringt verhaßter Ton hervor.
Wild Gelächter
Statt der Liebe süßem Wahn!
Weiberhasser und -Verächter
Stimmen ein Triumphlied an.
Nachtigall und Turtel fliehen
Das so keusch erwärmte Nest,
Und in wütendem Erglühen
Hält der Faun die Nymphe fest.
Hier wird ein Gewand zerrissen,
Dem Genusse folgt der Spott,
Und zu ihren frechen Küssen
Leuchtet mit Verdruß der Gott.

Ja! ich sehe schon von weiten
Wolkenzug und Dunst und Rauch.
Nicht die Leier nur hat Saiten,
Saiten hat der Bogen auch.
Selbst den Busen des Verehrers
Schüttert das gewalt'ge Nahn,
Denn die Flamme des Verheerers
Kündet ihn von weiten an.
O, vernehmt noch meine Stimme,
Meiner Liebe Bruderwort!
Fliehet vor des Gottes Grimme,
Eilt aus unsern Grenzen fort!

Daß sie wieder heilig werde,
Lenkt hinweg den wilden Zug!
Vielen Boden hat die Erde
Und unheiligen genug.
Uns umleuchten reine Sterne,
Hier nur hat das Edle Wert.

Doch wenn ihr aus rauher Ferne
Wieder einst zu uns begehrt,
Wenn euch nichts so sehr beglücket,
Als was ihr bei uns erprobt,
Euch nicht mehr ein Spiel entzücket,
Das die Schranken übertobt:
Kommt als gute Pilger wieder,
Steiget froh den Berg heran;
Tiefgefühlte Reuelieder
Künden uns die Brüder an,
Und ein neuer Kranz umwindet
Eure Schläfe feierlich.
Wenn sich der Verirrte findet,
Freuen alle Götter sich.
Schneller noch, als Lethes Fluten
Um der Toten stilles Haus,
Löscht der Liebe Kelch den Guten
Jedes Fehls Erinnrung aus.
Alles eilet euch entgegen,
Und ihr kommt verklärt heran,
Und man fleht um euren Segen;
Ihr gehört uns doppelt an.

Gellerts Monument

von Oeser.

Als Gellert, der geliebte, schied,
Manch gutes Herz im stillen weinte,
Auch manches matte schiefe Lied
Sich mit dem reinen Schmerz vereinte,
Und jeder Stümper bei dem Grab
Ein Blümchen an die Ehrenkrone,
Ein Scherflein zu des Edlen Lohne
Mit vielzufriedner Miene gab:
Stand Oeser seitwärts von den Leuten

Und fühlte den Geschiednen, fann
Ein bleibend Bild, ein lieblich Deuten
Auf den verschwundnen werten Mann;
Und sammelte mit Geistesflug
Im Marmor alles Lobes Stammeln,
Wie wir in einen engen Krug
Die Asche des Geliebten sammeln.

Ilmenau

am 3. September 1783.

Anmutig Thal! du immergrüner Hain!
Mein Herz begrüßt euch wieder auf das beste;
Entfaltet mir die schwer behangnen Aeste,
Nehmt freundlich mich in eure Schatten ein,
Erquickt von euren Höhn, am Tag der Lieb' und Lust,
Mit frischer Luft und Balsam meine Brust!

Wie kehrt' ich oft mit wechselndem Geschicke,
Erhabner Berg! an deinen Fuß zurücke.
O, laß mich heut an deinen sachten Höhn
Ein jugendlich, ein neues Eden sehn!
Ich hab' es wohl auch mit um euch verdienet:
Ich sorge still, indes ihr ruhig grünet.

Laßt mich vergessen, daß auch hier die Welt
So manch Geschöpf in Erdefesseln hält,
Der Landmann leichtem Sand den Samen anvertraut
Und seinen Kohl dem frechen Wilde baut,
Der Knappe karges Brot in Klüften sucht,
Der Köhler zittert, wenn der Jäger flucht.
Verjüngt euch mir, wie ihr es oft gethan,
Als fing' ich heut ein neues Leben an.

Ihr seid mir hold, ihr gönnt mir diese Träume,
Sie schmeicheln mir und locken alte Reime.
Mir wieder selbst, von allen Menschen fern,
Wie bad' ich mich in euren Düften gern!
Melodisch rauscht die hohe Tanne wieder,
Melodisch eilt der Wasserfall hernieder;
Die Wolke sinkt, der Nebel drückt ins Thal,
Und es ist Nacht und Dämmrung auf einmal.

Im finstern Wald, beim Liebesblick der Sterne,
Wo ist mein Pfad, den sorglos ich verlor?
Welch seltne Stimmen hör' ich in der Ferne?
Sie schallen wechselnd an dem Fels empor.
Ich eile sacht, zu sehn, was es bedeutet,
Wie von des Hirsches Ruf der Jäger still geleitet.

Wo bin ich? ist's ein Zaubermärchenland?
Welch nächtliches Gelag am Fuß der Felsenwand?
Bei kleinen Hütten, dicht mit Reis bedecket,
Seh' ich sie froh ans Feuer hingestrecket.
Es dringt der Glanz hoch durch den Fichtensaal;
Am niedern Herde kocht ein rohes Mahl;
Sie scherzen laut, indessen, bald geleeret,
Die Flasche frisch im Kreise wiederkehret.

Sagt, wem vergleich' ich diese muntre Schar?
Von wannen kommt sie? um wohin zu ziehen?
Wie ist an ihr doch alles wunderbar!
Soll ich sie grüßen? soll ich vor ihr fliehen?
Ist es der Jäger wildes Geisterheer?
Sind's Gnomen, die hier Zauberkünste treiben?
Ich seh' im Busch der kleinen Feuer mehr;
Es schaudert mich, ich wage kaum zu bleiben.
Ist's der Aegyptier verdächtiger Aufenthalt?
Ist es ein flüchtiger Fürst wie im Ardenner-Wald?
Soll ich Verirrter hier in den verschlungnen Gründen
Die Geister Shakespeares gar verkörpert finden?
Ja, der Gedanke führt mich eben recht:
Sie sind es selbst, wo nicht ein gleich Geschlecht!
Unbändig schwelgt ein Geist in ihrer Mitten,
Und durch die Roheit fühl' ich edle Sitten.

Wie nennt ihr ihn? Wer ist's, der dort gebückt
Nachlässig stark die breiten Schultern drückt?
Er sitzt zunächst gelassen an der Flamme,
Die markige Gestalt aus altem Heldenstamme.
Er saugt begierig am geliebten Rohr,
Es steigt der Dampf an seiner Stirn empor.
Gutmütig trocken weiß er Freud' und Lachen
Im ganzen Zirkel laut zu machen,
Wenn er mit ernstlichem Gesicht
Barbarisch bunt in fremder Mundart spricht.

Wer ist der andre, der sich nieder
An einen Sturz des alten Baumes lehnt
Und seine langen, feingestalten Glieder
Ekstatisch faul nach allen Seiten dehnt
Und, ohne daß die Zecher auf ihn hören,
Mit Geistesflug sich in die Höhe schwingt
Und von dem Tanz der himmelhohen Sphären
Ein monotones Lied mit großer Inbrunst singt?

Doch scheinet allen etwas zu gebrechen.
Ich höre sie auf einmal leise sprechen,
Des Jünglings Ruhe nicht zu unterbrechen,
Der dort am Ende, wo das Thal sich schließt,
In einer Hütte, leicht gezimmert,
Vor der ein letzter Blick des kleinen Feuers schimmert,
Vom Wasserfall umrauscht, des milden Schlafs genießt.
Mich treibt das Herz, nach jener Kluft zu wandern,
Ich schleiche still und scheide von den andern.

Sei mir gegrüßt, der hier in später Nacht
Gedankenvoll an dieser Schwelle wacht!
Was sitzest du entfernt von jenen Freuden?
Du scheinst mir auf was Wichtiges bedacht.
Was ist's, daß du in Sinnen dich verlierest
Und nicht einmal dein kleines Feuer schürest?

„O, frage nicht! denn ich bin nicht bereit,
Des Fremden Neugier leicht zu stillen;
Sogar verbitt' ich deinen guten Willen;
Hier ist zu schweigen und zu leiden Zeit.
Ich bin dir nicht im stande selbst zu sagen,
Woher ich sei, wer mich hierher gesandt;
Von fremden Zonen bin ich her verschlagen
Und durch die Freundschaft festgebannt.

Wer kennt sich selbst? wer weiß, was er vermag?
Hat nie der Mutige Verwegnes unternommen?
Und was du thust, sagt erst der andre Tag,
War es zum Schaden oder Frommen.
Ließ nicht Prometheus selbst die reine Himmelsglut
Auf frischen Thon vergött. und niederfließen?
Und konnt' er mehr als irdisch Blut
Durch die belebten Adern gießen?

Ich brachte reines Feuer vom Altar;
Was ich entzündet, ist nicht reine Flamme.
Der Sturm vermehrt die Glut und die Gefahr,
Ich schwanke nicht, indem ich mich verdamme.

Und wenn ich unklug Mut und Freiheit sang
Und Redlichkeit und Freiheit sonder Zwang,
Stolz auf sich selbst und herzliches Behagen,
Erwarb ich mir der Menschen schöne Gunst:
Doch ach! ein Gott versagte mir die Kunst,
Die arme Kunst, mich künstlich zu betragen.
Nun sitz' ich hier, zugleich erhoben und gedrückt,
Unschuldig und gestraft, und schuldig und beglückt.

Doch rede sacht! denn unter diesem Dach
Ruht all mein Wohl und all mein Ungemach:
Ein edles Herz, vom Wege der Natur
Durch enges Schicksal abgeleitet,
Das, ahnungsvoll, nun auf der rechten Spur
Bald mit sich selbst und bald mit Zauberschatten streitet
Und, was ihm das Geschick durch die Geburt geschenkt,
Mit Müh' und Schweiß erst zu erringen denkt.
Kein liebevolles Wort kann seinen Geist enthüllen
Und kein Gesang die hohen Wogen stillen.

Wer kann der Raupe, die am Zweige kriecht,
Von ihrem künft'gen Futter sprechen?
Und wer der Puppe, die am Boden liegt,
Die zarte Schale helfen durchzubrechen?
Es kommt die Zeit, sie drängt sich selber los
Und eilt auf Fittichen der Rose in den Schoß.

Gewiß, ihm geben auch die Jahre
Die rechte Richtung seiner Kraft.
Noch ist, bei tiefer Neigung für das Wahre,
Ihm Irrtum eine Leidenschaft.
Der Vorwitz lockt ihn in die Weite,
Kein Fels ist ihm zu schroff, kein Steg zu schmal;
Der Unfall lauert an der Seite
Und stürzt ihn in den Arm der Qual.
Dann treibt die schmerzlich überspannte Regung
Gewaltsam ihn bald da, bald dort hinaus,
Und von unmutiger Bewegung
Ruht er unmutig wieder aus.
Und düster wild an heitern Tagen,
Unbändig, ohne froh zu sein,

Schläft er, an Seel' und Leib verwundet und zerschlagen,
Auf einem harten Lager ein:
Indessen ich hier, still und atmend kaum,
Die Augen zu den freien Sternen kehre
Und, halb erwacht und halb im schweren Traum,
Mich kaum des schweren Traums erwehre."

 Verschwinde, Traum!
 Wie dank' ich, Musen, euch!
Daß ihr mich heut auf einen Pfad gestellet,
Wo auf ein einzig Wort die ganze Gegend gleich
Zum schönsten Tage sich erhellet!
Die Wolke flieht, der Nebel fällt,
Die Schatten sind hinweg. Ihr Götter, Preis und Wonne!
Es leuchtet mir die wahre Sonne,
Es lebt mir eine schönre Welt;
Das ängstliche Gesicht ist in die Luft zerronnen,
Ein neues Leben ist's, es ist schon lang begonnen.

 Ich sehe hier, wie man nach langer Reise
Im Vaterland sich wieder kennt,
Ein ruhig Volk in stillem Fleiße
Benutzen, was Natur an Gaben ihm gegönnt.
Der Faden eilet von dem Rocken
Des Webers raschem Stuhle zu;
Und Seil und Kübel wird in längrer Ruh
Nicht am verbrochnen Schachte stocken;
Es wird der Trug entdeckt, die Ordnung kehrt zurück,
Es folgt Gedeihn und festes ird'sches Glück.

 So mög', o Fürst, der Winkel deines Landes
Ein Vorbild deiner Tage sein!
Du kennst lang die Pflichten deines Standes
Und schränkest nach und nach die freie Seele ein.
Der kann sich manchen Wunsch gewähren,
Der kalt sich selbst und seinem Willen lebt;
Allein wer andre wohl zu leiten strebt,
Muß fähig sein, viel zu entbehren.

 So wandle du — der Lohn ist nicht gering —
Nicht schwankend hin, wie jener Sämann ging,
Daß bald ein Korn, des Zufalls leichtes Spiel,
Hier auf den Weg, dort zwischen Dornen fiel;

Nein! streue klug wie reich, mit männlich steter Hand,
Den Segen aus auf ein geackert Land;
Dann laß es ruhn: die Ernte wird erscheinen
Und dich beglücken und die Deinen.

Drei Oden

an meinen Freund Behrisch.

Erste.

Verpflanze den schönen Baum,
Gärtner! er jammert mich;
Glücklicheres Erdreich
Verdiente der Stamm.

Noch hat seiner Natur Kraft
Der Erde aussaugendem Geize,
Der Luft verderbender Fäulniß,
Ein Gegengift, widerstanden.

Sieh! wie er im Frühling
Lichtgrüne Blätter schlägt;
Ihr Orangenduft
Ist dem Geschmeiße Gift.

Der Raupe tückischer Zahn
Wird stumpf an ihnen,
Es blinkt ihr Silberglanz
Im Sonnenscheine.

Von seinen Zweigen
Wünscht das Mädchen
Im Brautkranze;
Früchte hoffen Jünglinge.

Aber sieh! der Herbst kommt,
Da geht die Raupe,
Klagt der listigen Spinne
Des Baums Unverwelklichkeit.

Schwebend zieht sich
Von ihrer Taxuswohnung
Die Prachtfeindin herüber
Zum wohlthätigen Baum

Und kann nicht schaden;
Aber die Vielkünstliche
Ueber sieht mit grauem Ekel
Die Silberblätter;

Sieht triumphierend,
Wie das Mädchen schaurend,
Der Jüngling jammernd
Vorübergeht.

Verpflanze den schönen Baum,
Gärtner! er jammert mich.
Baum, danke dem Gärtner,
Der dich verpflanzt!

Zweite.

Du gehst! Ich murre. —
Geh! laß mich murren.
Ehrlicher Mann,
Fliehe dieses Land!

Tote Sümpfe,
Dampfende Oktobernebel
Verweben ihre Ausflüsse
Hier unzertrennlich.

Gebärort
Schädlicher Insekten,
Mörderhöhle
Ihrer Bosheit!

Am schilfigten Ufer
Liegt die wollüstige,
Flammenzüngige Schlange,
Gestreichelt vom Sonnenstrahl.

Fliehe sanfte Nachtgänge
In der Mondendämmerung,
Dort halten zuckende Kröten
Zusammenkünfte auf Kreuzwegen.

Schaden sie nicht,
Werden sie schrecken. —
Ehrlicher Mann,
Fliehe dieses Land!

Dritte.

Sei gefühllos!
Ein leichtbewegtes Herz
Ist ein elend Gut
Auf der wankenden Erde.

Behrisch! des Frühlings Lächeln
Erheitre deine Stirne nie;
Nie trübt sie dann mit Verdruß
Des Winters stürmischer Ernst.

Lehne dich nie an des Mädchens
Sorgenverwiegende Brust,
Nie auf des Freundes
Elendtragenden Arm.

Schon versammelt,
Von seiner Klippenwarte,
Der Neid auf dich
Den ganzen luchsgleichen Blick;

Dehnt die Klauen,
Stürzt und schlägt
Hinterlistig sie
Dir in die Schultern.

Stark sind die magern Arme
Wie Pantherarme;
Er schüttelt dich
Und reißt dich los.

Tod ist Trennung!
Dreifacher Tod
Trennung ohne Hoffnung,
Wiederzusehn.

Gerne verließest du
Dieses gehaßte Land,
Hielte dich nicht Freundschaft
Mit Blumenfesseln an mir.

Zerreiß sie! Ich klage nicht.
Kein edler Freund
Hält den Mitgefangnen,
Der fliehen kann, zurück.

Der Gedanke
Von des Freundes Freiheit
Ist ihm Freiheit
Im Kerker.

Du gehst, ich bleibe.
Aber schon drehen
Des letzten Jahres Flügelspeichen
Sich um die rauchende Achse.

Ich zähle die Schläge
Des donnernden Rads,
Segne den letzten,
Da springen die Riegel, frei bin ich wie du!

Elysium.

An Uranien.

Uns gaben die Götter
Auf Erden Elysium!
Wie du das erstemal
Liebahnend dem Fremdling
Entgegentratst
Und deine Hand ihm reichtest,
Fühlt' er alles voraus,
Was ihm für Seligkeit
Entgegenkeimte!

Wie du den liebenden Arm
Um den Freund schlangst,
Wie ihm Lilas Brust
Entgegenbebte,
Wie ihr, euch rings umfassend,
In heil'ger Wonne schwebtet
Und ich, im Anschaun selig,
Ohne sterblichen Neid
Daneben stand!

Wie durch heilige Thäler wir
Händ' in Hände wandelten,
Und des Fremdlings Treu'
Sich euch versiegelte,

Daß du dem liebenden,
Stille sehnenden
Die Wange reichtest
Zum himmlischen Kuß!

Wenn du fern wandelst
Am Hügelgebüsch,
Wandeln Liebesgestalten
Mit dir den Bach hinab;
Wenn mir auf meinem Felsen
Die Sonne niedergeht,
Seh' ich Freundegestalten
Mir winken
Durch wehende Zweige
Des dämmernden Hains;

Seh' ich, verschlagen
Unter schauernden Himmels
Oede Gestade,
In der Vergangenheit
Goldener Myrtenhainsdämmerung
Lila'n an deiner Hand;
Seh' mich Schüchternen
Eure Hände fassen,
Bittend blicken,
Eure Hände küssen —
Eure Augen sich begegnen,
Auf mich blicken seh' ich,
Werfe den hoffenden Blick
Auf Lila; sie nähert sich mir,
Himmlische Lippe!
Und ich wanke, nahe mich,
Blicke, seufze, wanke —
Seligkeit! Seligkeit!
Eines Kusses Gefühl!

Mir gaben die Götter
Auf Erden Elysium!
Ach, warum nur Elysium!

Pilgers Morgenlied.

An Lila.

Morgennebel, Lila,
Hüllen deinen Turm ein.
Soll ich ihn
Zum letztenmal nicht sehn!
Doch mir schweben tausend Bilder
Seliger Erinnerung
Heilig warm ums Herz.
Wie er da stand,
Zeuge meiner Wonne,
Als zum erstenmal
Du dem Fremdling
Aengstlich liebevoll
Begegnetest
Und mit einemmal
Ew'ge Flammen
In die Seel' ihm warfst! —
Ziiche, Nord!
Tausend=schlangenzüngig
Mir ums Haupt!
Beugen sollst du's nicht!
Beugen magst du
Kind'scher Zweige Haupt,
Von der Sonne
Muttergegenwart geschieden.

Allgegenwärt'ge Liebe!
Durchglühst mich;
Beutst dem Wetter die Stirn,
Gefahren die Brust;
Hast mir gegossen
Ins früh welkende Herz
Doppeltes Leben:
Freude, zu leben,
Und Mut!

Mahomets Gesang.

Seht den Felsenquell,
Freudehell,
Wie ein Sternenblick;
Ueber Wolken

Nährten seine Jugend
Gute Geister
Zwischen Klippen im Gebüsch.

Jünglingfrisch
Tanzt er aus der Wolke
Auf die Marmorfelsen nieder,
Jauchzet wieder
Nach dem Himmel.

Durch die Gipfelgänge
Jagt er bunten Kieseln nach,
Und mit frühem Führertritt
Reißt er seine Bruderquellen
Mit sich fort.

Drunten werden in dem Thal
Unter seinem Fußtritt Blumen,
Und die Wiese
Lebt von seinem Hauch.

Doch ihn hält kein Schattenthal,
Keine Blumen,
Die ihm seine Knie' umschlingen,
Ihm mit Liebesaugen schmeicheln:
Nach der Ebne dringt sein Lauf,
Schlangenwandelnd.

Bäche schmiegen
Sich gesellig an. Nun tritt er
In die Ebne silberprangend,
Und die Ebne prangt mit ihm,
Und die Flüsse von der Ebne
Und die Bäche von den Bergen
Jauchzen ihm und rufen: Bruder!
Bruder, nimm die Brüder mit,
Mit zu deinem alten Vater,
Zu dem ew'gen Ozean,
Der mit ausgespannten Armen
Unser wartet,
Die sich, ach! vergebens öffnen,
Seine Sehnenden zu fassen;
Denn uns frißt in öder Wüste
Gier'ger Sand; die Sonne droben
Saugt an unserm Blut; ein Hügel
Hemmet uns zum Teiche! Bruder,
Nimm die Brüder von der Ebne,

Nimm die Brüder von den Bergen
Mit, zu deinem Vater mit!

Kommt ihr alle! —
Und nun schwillt er
Herrlicher; ein ganz Geschlechte
Trägt den Fürsten hoch empor!
Und im rollenden Triumphe
Gibt er Ländern Namen, Städte
Werden unter seinem Fuß.

Unaufhaltsam rauscht er weiter,
Läßt der Türme Flammengipfel,
Marmorhäuser, eine Schöpfung
Seiner Fülle, hinter sich.

Zedernhäuser trägt der Atlas
Auf den Riesenschultern; sausend
Wehen über seinem Haupte
Tausend Flaggen durch die Lüfte,
Zeugen seiner Herrlichkeit.

Und so trägt er seine Brüder,
Seine Schätze, seine Kinder
Dem erwartenden Erzeuger
Freudebrausend an das Herz.

Gesang der Geister über den Wassern.

Des Menschen Seele
Gleicht dem Wasser:
Vom Himmel kommt es,
Zum Himmel steigt es,
Und wieder nieder
Zur Erde muß es,
Ewig wechselnd.

Strömt von der hohen,
Steilen Felswand
Der reine Strahl,
Dann stäubt er lieblich
In Wolkenwellen
Zum glatten Fels,
Und leicht empfangen,
Wallt er verschleiernd,

Leisrauschend
Zur Tiefe nieder.

Ragen Klippen
Dem Sturz entgegen,
Schäumt er unmutig
Stufenweise
Zum Abgrund.

Im flachen Bette
Schleicht er das Wiesenthal hin,
Und in dem glatten See
Weiden ihr Antlitz
Alle Gestirne.

Wind ist der Welle
Lieblicher Buhler;
Wind mischt vom Grund aus
Schäumende Wogen.

Seele des Menschen,
Wie gleichst du dem Wasser!
Schicksal des Menschen,
Wie gleichst du dem Wind!

Meine Göttin.

Welcher Unsterblichen
Soll der höchste Preis sein?
Mit niemand streit' ich,
Aber ich geb' ihn
Der ewig beweglichen,
Immer neuen,
Seltsamen Tochter Jovis,
Seinem Schoßkinde,
Der Phantasie.

Denn ihr hat er
Alle Launen,
Die er sonst nur allein
Sich vorbehält,
Zugestanden
Und hat seine Freude
An der Thörin.

Sie mag rosenbekränzt
Mit dem Lilienstengel

Blumenthäler betreten,
Sommervögeln gebieten
Und leicht nährenden Tau
Mit Bienenlippen
Von Blüten saugen;

Oder sie mag
Mit fliegendem Haar
Und düsterm Blicke
Im Winde sausen
Um Felsenwände
Und tausendfarbig,
Wie Morgen und Abend,
Immer wechselnd
Wie Mondesblicke,
Den Sterblichen scheinen.

Laßt uns alle
Den Vater preisen!
Den alten, hohen,
Der solch eine schöne
Unverwelkliche Gattin
Dem sterblichen Menschen
Gesellen mögen!

Denn uns allein
Hat er sie verbunden
Mit Himmelsband
Und ihr geboten,
In Freud' und Elend
Als treue Gattin
Nicht zu entweichen.

Alle die andern
Armen Geschlechter
Der kinderreichen
Lebendigen Erde
Wandeln und weiden
In dunkelm Genuß
Und trüben Schmerzen
Des augenblicklichen
Beschränkten Lebens,
Gebeugt vom Joche
Der Notdurft.

Uns aber hat er
Seine gewandteste,

Verzärtelte Tochter,
Freut euch! gegönnt.
Begegnet ihr lieblich,
Wie einer Geliebten!
Laßt ihr die Würde
Der Frauen im Haus!

Und daß die alte
Schwiegermutter Weisheit
Das zarte Seelchen
Ja nicht beleib'ge!

Doch kenn' ich ihre Schwester,
Die ältere, gesetztere,
Meine stille Freundin:
O, daß die erst
Mit dem Lichte des Lebens
Sich von mir wende,
Die edle Treiberin,
Trösterin Hoffnung!

Harzreise im Winter.

Dem Geier gleich,
Der, auf schweren Morgenwolken
Mit sanftem Fittich ruhend,
Nach Beute schaut,
Schwebe mein Lied.

Denn ein Gott hat
Jedem seine Bahn
Vorgezeichnet,
Die der Glückliche
Rasch zum freudigen
Ziele rennt;
Wem aber Unglück
Das Herz zusammenzog,
Er sträubt vergebens
Sich gegen die Schranken
Des ehernen Fadens,
Den die doch bittre Schere
Nur einmal löst.

In Dickichts-Schauer
Drängt sich das rauhe Wild,

Und mit den Sperlingen
Haben längst die Reichen
In ihre Sümpfe sich gesenkt.

Leicht ist's folgen dem Wagen,
Den Fortuna führt,
Wie der gemächliche Troß
Auf gebesserten Wegen
Hinter des Fürsten Einzug.

Aber abseits, wer ist's?
Ins Gebüsch verliert sich sein Pfad,
Hinter ihm schlagen
Die Sträuche zusammen,
Das Gras steht wieder auf,
Die Oede verschlingt ihn.

Ach, wer heilet die Schmerzen
Des, dem Balsam zu Gift ward?
Der sich Menschenhaß
Aus der Fülle der Liebe trank?
Erst verachtet, nun ein Verächter,
Zehrt er heimlich auf
Seinen eignen Wert
In ung'nügender Selbstsucht.

Ist auf deinem Psalter,
Vater der Liebe, ein Ton
Seinem Ohre vernehmlich,
So erquicke sein Herz!
Oeffne den umwölkten Blick
Ueber die tausend Quellen
Neben dem Durstenden
In der Wüste!

Der du der Freuden viel schaffst,
Jedem ein überfließend Maß,
Segne die Brüder der Jagd
Auf der Fährte des Wilds,
Mit jugendlichem Uebermut
Fröhlicher Mordsucht,
Späte Rächer des Unbills,
Dem schon Jahre vergeblich
Wehrt mit Knütteln der Bauer.

Aber den Einsamen hüll'
In deine Goldwolken!

Umgib mit Wintergrün,
Bis die Rose wieder heranreift,
Die feuchten Haare,
O Liebe, deines Dichters!

Mit der dämmernden Fackel
Leuchtest du ihm
Durch die Furten bei Nacht,
Ueber grundlose Wege
Auf öden Gefilden;
Mit dem tausendfarbigen Morgen
Lachst du ins Herz ihm!
Mit dem beizenden Sturm
Trägst du ihn hoch empor;
Winterströme stürzen vom Felsen
In seine Psalmen,
Und Altar des lieblichsten Danks
Wird ihm des gefürchteten Gipfels
Schneebehangner Scheitel,
Den mit Geisterreihen
Kränzten ahnende Völker.

Du stehst mit unerforschtem Busen
Geheimnisvoll offenbar
Ueber der erstaunten Welt
Und schaust aus Wolken
Auf ihre Reiche und Herrlichkeit,
Die du aus den Adern deiner Brüder
Neben dir wässerst.

————

An Schwager Kronos.

Spute dich, Kronos!
Fort den rasselnden Trott!
Bergab gleitet der Weg;
Ekles Schwindeln zögert
Mir vor die Stirne dein Zaudern.
Frisch, holpert es gleich,
Ueber Stock und Steine den Trott
Rasch ins Leben hinein!

Nun schon wieder
Den eratmenden Schritt
Mühsam Berg hinauf!

Auf denn, nicht träge denn,
Strebend und hoffend hinan!

Weit, hoch, herrlich der Blick
Rings ins Leben hinein,
Vom Gebirg zum Gebirg
Schwebet der ewige Geist,
Ewigen Lebens ahndevoll.

Seitwärts des Ueberdachs Schatten
Zieht dich an,
Und ein Frischung verheißender Blick
Auf der Schwelle des Mädchens da.
Labe dich! -- Mir auch, Mädchen,
Diesen schäumenden Trank,
Diesen frischen Gesundheitsblick!

Ab denn, rascher hinab!
Sieh, die Sonne sinkt!
Eh sie sinkt, eh mich Greisen
Ergreift im Moore Nebelduft,
Entzahnte Kiefer schnattern
Und das schlotternde Gebein:

Trunknen vom letzten Strahl
Reiß mich, ein Feuermeer
Mir im schäumenden Aug',
Mich geblendeten Taumelnden
In der Hölle nächtliches Thor!

Töne, Schwager, ins Horn,
Raßle den schallenden Trab,
Daß der Orkus vernehme: wir kommen,
Daß gleich an der Thüre
Der Wirt uns freundlich empfange.

——————

Wandrers Sturmlied.

Wen du nicht verlässest, Genius,
Nicht der Regen, nicht der Sturm
Haucht ihm Schauer übers Herz.
Wen du nicht verlässest, Genius,
Wird dem Regengewölk,

Wird dem Schloßensturm
Entgegen singen,
Wie die Lerche,
Du da droben.

Den du nicht verlässest, Genius,
Wirst ihn heben übern Schlammpfad
Mit den Feuerflügeln;
Wandeln wird er
Wie mit Blumenfüßen
Ueber Deukalions Flutschlamm,
Python tötend, leicht, groß,
Pythius Apollo.

Den du nicht verlässest, Genius,
Wirst die wollnen Flügel unterspreiten,
Wenn er auf dem Felsen schläft,
Wirst mit Hüterfittichen ihn decken
In des Haines Mitternacht.

Wen du nicht verlässest, Genius,
Wirst im Schneegestöber
Wärmumhüllen;
Nach der Wärme ziehn sich Musen,
Nach der Wärme Charitinnen.

Umschwebet mich, ihr Musen,
Ihr Charitinnen!
Das ist Wasser, das ist Erde
Und der Sohn des Wassers und der Erde,
Ueber den ich wandle
Göttergleich.

Ihr seid rein, wie das Herz der Wasser,
Ihr seid rein, wie das Mark der Erde,
Ihr umschwebt mich, und ich schwebe
Ueber Wasser, über Erde,
Göttergleich.

*

Soll der zurückkehren,
Der kleine, schwarze, feurige Bauer?
Soll der zurückkehren, erwartend
Nur deine Gaben, Vater Bromius,
Und hellleuchtend umwärmend Feuer?
Der kehren mutig?

Und ich, den ihr begleitet,
Musen und Charitinnen alle,
Den alles erwartet, was ihr,
Musen und Charitinnen.
Umkränzende Seligkeit
Rings ums Leben verherrlicht habt,
Soll mutlos kehren?

Vater Bromius!
Du bist Genius,
Jahrhunderts Genius,
Bist, was innre Glut
Pindarn war,
Was der Welt
Phöbus Apoll ist.

Weh! Weh! Innre Wärme,
Seelenwärme,
Mittelpunkt!
Glüh' entgegen
Phöb' Apollen;
Kalt wird sonst
Sein Fürstenblick
Ueber dich vorübergleiten,
Neidgetroffen
Auf der Zeder Kraft verweilen,
Die zu grünen
Sein nicht harrt.

*

Warum nennt mein Lied dich zuletzt?
Dich, von dem es begann,
Dich, in dem es endet.
Dich, aus dem es quillt,
Jupiter Pluvius!
Dich, dich strömt mein Lied,
Und kastalischer Quell
Rinnt, ein Nebenbach;
Rinnet Müßigen,
Sterblich Glücklichen
Abseits von dir,
Der du mich fassend deckst,
Jupiter Pluvius!

Nicht am Ulmenbaum
Hast du ihn besucht,

Mit dem Taubenpaar
In dem zärtlichen Arm,
Mit der freundlichen Ros' umkränzt,
Tändelnden ihn, blumenglücklichen
Anakreon,
Sturmatmende Gottheit!

Nicht im Pappelwald
An des Sybaris Strand,
An des Gebirges
Sonnebeglänzter Stirn nicht
Faßtest du ihn,
Den Blumen=singenden,
Honig=lallenden,
Freundlich winkenden
Theokrit.

Wenn die Räder rasselten,
Rad an Rad rasch ums Ziel weg,
Hoch flog
Siegdurchglühter
Jünglinge Peitschenknall,
Und sich Staub wälzt',
Wie vom Gebirg herab
Kieselwetter ins Thal,
Glühte deine Seel' Gefahren, Pindar,
Mut. — Glühte? —
Armes Herz!
Dort auf dem Hügel,
Himmlische Macht!
Nur so viel Glut,
Dort meine Hütte,
Dorthin zu waten!

Seefahrt.

Lange Tag' und Nächte stand mein Schiff befrachtet;
Günst'ger Winde harrend, saß mit treuen Freunden,
Mir Geduld und guten Mut erzechend,
Ich im Hafen.

Und sie waren doppelt ungeduldig:
Gerne gönnen wir die schnellste Reise,

Gern die hohe Fahrt dir; Güterfülle
Wartet drüben in den Welten deiner,
Wird Rückkehrendem in unsern Armen
Lieb' und Preis dir.

Und am frühen Morgen ward's Getümmel,
Und dem Schlaf entjauchzt uns der Matrose,
Alles wimmelt, alles lebet, webet,
Mit dem ersten Segenshauch zu schiffen.

Und die Segel blühen in dem Hauche,
Und die Sonne lockt mit Feuerliebe;
Ziehn die Segel, ziehn die hohen Wolken,
Jauchzen an dem Ufer alle Freunde
Hoffnungslieder nach, im Freudetaumel
Reisefreuden wähnend, wie des Einschiffmorgens,
Wie der ersten hohen Sternennächte.

Aber gottgesandte Wechselwinde treiben
Seitwärts ihn der vorgesteckten Fahrt ab,
Und er scheint sich ihnen hinzugeben,
Strebet leise sie zu überlisten,
Treu dem Zweck auch auf dem schiefen Wege.

Aber aus der dumpfen grauen Ferne
Kündet leisewandelnd sich der Sturm an,
Drückt die Vögel nieder aufs Gewässer,
Drückt der Menschen schwellend Herz darnieder;
Und er kommt. Vor seinem starren Wüten
Streckt der Schiffer klug die Segel nieder;
Mit dem angsterfüllten Balle spielen
Wind und Wellen.

Und an jenem Ufer drüben stehen
Freund' und Lieben, beben auf dem Festen:
Ach, warum ist er nicht hier geblieben!
Ach, der Sturm! Verschlagen weg vom Glücke!
Soll der Gute so zu Grunde gehen?
Ach, er sollte, ach, er könnte! Götter!

Doch er stehet männlich an dem Steuer;
Mit dem Schiffe spielen Wind und Wellen,
Wind und Wellen nicht mit seinem Herzen:
Herrschend blickt er auf die grimme Tiefe
Und vertrauet, scheiternd oder landend,
Seinen Göttern.

Adler und Taube.

Ein Adlersjüngling hob die Flügel
Nach Raub aus;
Ihn traf des Jägers Pfeil und schnitt
Der rechten Schwinge Sennkraft ab.
Er stürzt hinab in einen Myrtenhain,
Fraß seinen Schmerz drei Tage lang
Und zuckt an Qual
Drei lange, lange Nächte lang:
Zuletzt heilt ihn
Allgegenwärt'ger Balsam
Allheilender Natur.
Er schleicht aus dem Gebüsch hervor
Und reckt die Flügel — ach!
Die Schwingkraft weggeschnitten —
Hebt sich mühsam kaum
Am Boden weg
Unwürd'gem Raubbedürfnis nach
Und ruht tieftrauernd
Auf dem niedern Fels am Bach;
Er blickt zur Eich' hinauf,
Hinauf zum Himmel,
Und eine Thräne füllt sein hohes Aug'.

Da kommt mutwillig durch die Myrtenäste
Dahergerauscht ein Taubenpaar,
Läßt sich herab und wandelt nickend
Ueber goldnen Sand und Bach
Und ruckt einander an;
Ihr rötlich Auge buhlt umher,
Erblickt den Innigtrauernden.
Der Tauber schwingt neugiergesellig sich
Zum nahen Busch und blickt
Mit Selbstgefälligkeit ihn freundlich an.
Du trauerst, liebelt er,
Sei guten Mutes, Freund!
Hast du zur ruhigen Glückseligkeit
Nicht alles hier?
Kannst du dich nicht des goldnen Zweiges freun,
Der vor des Tages Glut dich schützt?
Kannst du der Abendsonne Schein
Auf weichem Moos am Bache nicht

Die Brust entgegenheben?
Du wandelst durch der Blumen frischen Tau,
Pflückst aus dem Ueberfluß
Des Waldgebüsches dir
Gelegne Speise, letzest
Den leichten Durst am Silberquell, —
O Freund, das wahre Glück
Ist die Genügsamkeit,
Und die Genügsamkeit
Hat überall genug.
O Weise! sprach der Adler, und tief ernst
Versinkt er tiefer in sich selbst,
O Weisheit! Du redst wie eine Taube!

Prometheus.

Bedecke deinen Himmel, Zeus,
Mit Wolkendunst
Und übe, dem Knaben gleich,
Der Disteln köpft,
An Eichen dich und Bergeshöhn!
Mußt mir meine Erde
Doch lassen stehn
Und meine Hütte, die du nicht gebaut,
Und meinen Herd,
Um dessen Glut
Du mich beneidest.

Ich kenne nichts Aermeres
Unter der Sonn', als euch, Götter!
Ihr nähret kümmerlich
Von Opfersteuern
Und Gebetshauch
Eure Majestät
Und darbtet, wären
Nicht Kinder und Bettler
Hoffnungsvolle Thoren.

Da ich ein Kind war,
Nicht wußte, wo aus noch ein,
Kehrt' ich mein verirrtes Auge
Zur Sonne, als wenn drüber wär'

Ein Ohr, zu hören meine Klage,
Ein Herz, wie meins,
Sich des Bedrängten zu erbarmen.

Wer half mir
Wider der Titanen Uebermut?
Wer rettete vom Tode mich,
Von Sklaverei?
Haſt du nicht alles ſelbſt vollendet,
Heilig glühend Herz?
Und glühteſt jung und gut,
Betrogen, Rettungsdank
Dem Schlafenden da droben?

Ich dich ehren? Wofür?
Haſt du die Schmerzen gelindert
Je des Beladenen?
Haſt du die Thränen geſtillet
Je des Geängſteten?
Hat nicht mich zum Manne geſchmiedet
Die allmächtige Zeit
Und das ewige Schickſal,
Meine Herrn und deine?

Wähnteſt du etwa,
Ich ſollte das Leben haſſen,
In Wüſten fliehen,
Weil nicht alle
Blütenträume reiften?

Hier ſitz' ich, forme Menſchen
Nach meinem Bilde,
Ein Geſchlecht, das mir gleich ſei,
Zu leiden, zu weinen,
Zu genießen und zu freuen ſich
Und dein nicht zu achten,
Wie ich!

————

Ganymed.

Wie im Morgenglanze
Du rings mich anglühſt,
Frühling, Geliebter!
Mit tauſendfacher Liebeswonne

Sich an mein Herz drängt
Deiner ewigen Wärme
Heilig Gefühl,
Unendliche Schöne!

Daß ich dich fassen möcht'
In diesen Arm!

Ach, an deinem Busen
Lieg' ich, schmachte,
Und deine Blumen, dein Gras
Drängen sich an mein Herz.
Du kühlst den brennenden
Durst meines Busens,
Lieblicher Morgenwind,
Ruft drein die Nachtigall
Liebend nach mir aus dem Nebelthal.

Ich komm', ich komme!
Wohin? Ach, wohin?

Hinauf! Hinauf strebt's.
Es schweben die Wolken
Abwärts, die Wolken
Neigen sich der sehnenden Liebe.
Mir! Mir!
In eurem Schoße
Aufwärts!
Umfangend umfangen!
Aufwärts an deinen Busen,
Allliebender Vater!

Grenzen der Menschheit.

Wenn der uralte
Heilige Vater
Mit gelassener Hand
Aus rollenden Wolken
Segnende Blitze
Ueber die Erde sät,
Küss' ich den letzten
Saum seines Kleides,
Kindliche Schauer
Treu in der Brust.

Denn mit Göttern
Soll sich nicht messen
Irgend ein Mensch.
Hebt er sich aufwärts
Und berührt
Mit dem Scheitel die Sterne,
Nirgends haften dann
Die unsichern Sohlen,
Und mit ihm spielen
Wolken und Winde.

Steht er mit festen,
Markigen Knochen
Auf der wohlgegründeten
Dauernden Erde:
Reicht er nicht auf,
Nur mit der Eiche
Oder der Rebe
Sich zu vergleichen.

Was unterscheidet
Götter von Menschen?
Daß viele Wellen
Vor jenen wandeln,
Ein ewiger Strom:
Uns hebt die Welle,
Verschlingt die Welle,
Und wir versinken.

Ein kleiner Ring
Begrenzt unser Leben,
Und viele Geschlechter
Reihen sich dauernd
An ihres Daseins
Unendliche Kette.

Das Göttliche.

Edel sei der Mensch,
Hilfreich und gut!
Denn das allein
Unterscheidet ihn
Von allen Wesen,
Die wir kennen.

Heil den unbekannten
Höhern Wesen,
Die wir ahnen!
Ihnen gleiche der Mensch;
Sein Beispiel lehr' uns
Jene glauben.

Denn unfühlend
Ist die Natur:
Es leuchtet die Sonne
Ueber Bös' und Gute,
Und dem Verbrecher
Glänzen, wie dem Besten,
Der Mond und die Sterne.

Wind und Ströme,
Donner und Hagel
Rauschen ihren Weg
Und ergreifen
Vorübereilend
Einen um den andern.

Auch so das Glück
Tappt unter die Menge,
Faßt bald des Knaben
Lockige Unschuld,
Bald auch den kahlen
Schuldigen Scheitel.

Nach ewigen, ehrnen,
Großen Gesetzen
Müssen wir alle
Unseres Daseins
Kreise vollenden.

Nur allein der Mensch
Vermag das Unmögliche:
Er unterscheidet,
Wählet und richtet;
Er kann dem Augenblick
Dauer verleihen.

Er allein darf
Den Guten lohnen,
Den Bösen strafen,
Heilen und retten,

Alles Irrende, Schweifende
Nützlich verbinden.

Und wir verehren
Die Unsterblichen,
Als wären sie Menschen,
Thäten im großen,
Was der Beste im kleinen
Thut oder möchte.

Der edle Mensch
Sei hilfreich und gut!
Unermüdet schaff' er
Das Nützliche, Rechte,
Sei uns ein Vorbild
Jener geahneten Wesen!

Königlich Gebet.

Ha, ich bin Herr der Welt! mich lieben
Die Edlen, die mir dienen.
Ha, ich bin Herr der Welt! ich liebe
Die Edlen, denen ich gebiete.
O gib mir, Gott im Himmel! daß ich mich
Der Höh' und Liebe nicht überhebe.

Menschengefühl.

Ach, ihr Götter! große Götter
In dem weiten Himmel droben!
Gäbet ihr uns auf der Erde
Festen Sinn und guten Mut:
O, wir ließen euch, ihr Guten,
Euren weiten Himmel droben!

Lilis Park.

Ist doch keine Menagerie
So bunt als meiner Lili ihre!
Sie hat darin die wunderbarsten Tiere
Und kriegt sie 'rein, weiß selbst nicht wie.

O, wie sie hüpfen, laufen, trappeln,
Mit abgestumpften Flügeln zappeln,
Die armen Prinzen allzumal,
In nie gelöschter Liebesqual!

„Wie hieß die Fee? — Lili?" — Fragt nicht nach ihr!
Kennt ihr sie nicht, so danket Gott dafür.

Welch ein Geräusch, welch ein Gegacker,
Wenn sie sich in die Thüre stellt
Und in der Hand das Futterförbchen hält!
Welch ein Gequiek, welch ein Gequacker!
Alle Bäume, alle Büsche
Scheinen lebendig zu werden:
So stürzen sich ganze Herden
Zu ihren Füßen; sogar im Bassin die Fische
Patschen ungeduldig mit den Köpfen heraus.
Und sie streut dann das Futter aus
Mit einem Blick — Götter zu entzücken,
Geschweige die Bestien. Da geht's an ein Picken,
An ein Schlürfen, an ein Hacken;
Sie stürzen einander über die Nacken,
Schieben sich, drängen sich, reißen sich,
Jagen sich, ängsten sich, beißen sich,
Und das all um ein Stückchen Brot,
Das, trocken, aus den schönen Händen schmeckt,
Als hätt' es in Ambrosia gesteckt.

Aber der Blick auch, der Ton,
Wenn sie ruft: Pipi! Pipi!
Zöge den Adler Jupiters vom Thron;
Der Venus Taubenpaar,
Ja, der eitle Pfau sogar,
Ich schwöre, sie kämen,
Wenn sie den Ton von weitem nur vernähmen.

Denn so hat sie aus des Waldes Nacht
Einen Bären, ungeleckt und ungezogen,
Unter ihren Beschluß hereinbetrogen,
Unter die zahme Kompanie gebracht
Und mit den andern zahm gemacht:
Bis auf einen gewissen Punkt, versteht sich!
Wie schön und, ach! wie gut
Schien sie zu sein! Ich hätte mein Blut
Gegeben, um ihre Blumen zu begießen.

„Ihr sagtet: ich! Wie? Wer?"
Gut denn, ihr Herrn, grad aus: Ich bin der Bär;
In einem Filetschurz gefangen,
An einem Seidenfaden ihr zu Füßen.
Doch wie das alles zugegangen,
Erzähl' ich euch zur andern Zeit;
Dazu bin ich zu wütig heut.

Denn, ha! steh' ich so an der Ecke
Und hör' von weitem das Geschnatter,
Seh' das Geflitter, das Geflatter,
Kehr' ich mich um
Und brumm'
Und renne rückwärts eine Strecke,
Und seh' mich um
Und brumm'
Und laufe wieder eine Strecke,
Und kehr' doch endlich wieder um.

Dann fängt's auf einmal an zu rasen,
Ein mächt'ger Geist schnaubt aus der Nasen,
Es wildzt die innere Natur.
Was, du ein Thor, ein Häschen nur!
So ein Pipi! Eichhörnchen, Nuß zu knacken!
Ich sträube meinen borst'gen Nacken,
Zu dienen ungewöhnt.
Ein jedes aufgestutzte Bäumchen höhnt
Mich an! Ich flieh' vom Boulingreen,
Vom niedlich glattgemähten Grase;
Der Buchsbaum zieht mir eine Nase,
Ich flieh' ins dunkelste Gebüsche hin,
Durchs Gehege zu dringen,
Ueber die Planken zu springen!
Mir versagt Klettern und Sprung,
Ein Zauber bleit mich nieder,
Ein Zauber häkelt mich wider,
Ich arbeite mich ab, und bin ich matt genung,
Dann lieg' ich an gekünstelten Kaskaden
Und kau' und wein' und wälze halb mich tot,
Und, ach! es hören meine Not
Nur porzellanene Dreaden.

Auf einmal! Ach, es dringt
Ein seliges Gefühl durch alle meine Glieder!
Sie ist's, die dort in ihrer Laube singt!
Ich höre die liebe, liebe Stimme wieder,

Die ganze Luft ist warm, ist blütevoll.
Ach, singt sie wohl, daß ich sie hören soll?
Ich dringe zu, tret' alle Sträuche nieder,
Die Büsche fliehn, die Bäume weichen mir,
Und so — zu ihren Füßen liegt das Tier.

Sie sieht es an: „Ein Ungeheuer! doch drollig!
Für einen Bären zu mild,
Für einen Pudel zu wild,
So zottig, täpsig, knollig!"
Sie streicht ihm mit dem Füßchen übern Rücken;
Er denkt im Paradiese zu sein.
Wie ihn alle sieben Sinne jücken!
Und sie, sieht ganz gelassen drein.
Ich küß' ihre Schuhe, kau' an den Sohlen,
So sittig, als ein Bär nur mag;
Ganz sachte heb' ich mich und schwinge mich verstohlen
Leis an ihr Knie — Am günst'gen Tag
Läßt sie's geschehn und kraut mir um die Ohren
Und patscht mich mit mutwillig derbem Schlag;
Ich knurr', in Wonne neu geboren;
Dann fordert sie mit süßem, eitlem Spotte:
Allons tout doux! eh la menotte!
Et faites Serviteur,
Comme un joli Seigneur.
So treibt sie's fort mit Spiel und Lachen!
Es hofft der oft betrogne Thor;
Doch will er sich ein bißchen unnütz machen,
Hält sie ihn kurz, als wie zuvor.

Doch hat sie auch ein Fläschchen Balsam-Feuers,
Dem keiner Erde Honig gleicht,
Wovon sie wohl einmal, von Lieb' und Treu' erweicht,
Um die verlechzten Lippen ihres Ungeheuers
Ein Tröpfchen mit der Fingerspitze streicht
Und wieder flieht und mich mir überläßt,
Und ich dann, losgebunden, fest
Gebannt bin, immer nach ihr ziehe,
Sie suche, schaudre, wieder fliehe —
So läßt sie den zerstörten Armen gehn,
Ist seiner Lust, ist seinen Schmerzen still;
Ha! manchmal läßt sie mir die Thür halb offen stehn,
Seitblickt mich spottend an, ob ich nicht fliehen will.

Und ich! — Götter, ist's in euren Händen,
Dieses dumpfe Zauberwerk zu enden,

Wie dank' ich, wenn ihr mir die Freiheit schafft!
Doch sendet ihr mir keine Hilfe nieder —
Nicht ganz umsonst reck' ich so meine Glieder:
Ich fühl's! Ich schwör's! Noch hab' ich Kraft.

Liebebedürfnis.

Wer vernimmt mich? ach, wem soll ich's klagen?
Wer's vernähme, würd' er mich bedauern?
Ach, die Lippe, die so manche Freude
Sonst genossen hat und sonst gegeben,
Ist gespalten, und sie schmerzt erbärmlich.
Und sie ist nicht etwa wund geworden,
Weil die Liebste mich zu wild ergriffen,
Hold mich angebissen, daß sie fester
Sich des Freunds versichernd ihn genösse:
Nein, das zarte Lippchen ist gesprungen,
Weil nun über Reif und Frost die Winde
Spitz und scharf und lieblos mir begegnen.

Und nun soll mir Saft der edlen Traube,
Mit dem Saft der Bienen bei dem Feuer
Meines Herds vereinigt, Lindrung schaffen.
Ach, was will das helfen, mischt die Liebe
Nicht ein Tröpfchen ihres Balsams drunter?

An seine Spröde.

Siehst du die Pomeranze?
Noch hängt sie an dem Baume;
Schon ist der März verflossen,
Und neue Blüten kommen.
Ich trete zu dem Baume
Und sage: Pomeranze,
Du reife Pomeranze,
Du süße Pomeranze,
Ich schüttle, fühl', ich schüttle,
O, fall in meinen Schoß!

Anliegen.

O schönes Mädchen du,
Du mit dem schwarzen Haar,
Die du ans Fenster trittst,
Auf dem Balkone stehst!
Und stehst du wohl umsonst?
O, stündest du für mich
Und zögst die Klinke los,
Wie glücklich wär' ich da!
Wie schnell spräng' ich hinauf!

Die Musageten.

Oft in tiefen Winternächten
Rief ich an die holden Musen:
Keine Morgenröte leuchtet,
Und es will kein Tag erscheinen;
Aber bringt zur rechten Stunde
Mir der Lampe fromm Geleuchte,
Daß es, statt Auror' und Phöbus,
Meinen stillen Fleiß belebe!
Doch sie ließen mich im Schlafe,
Dumpf und unerquicklich, liegen,
Und nach jedem späten Morgen
Folgten ungenutzte Tage.

Da sich nun der Frühling regte,
Sagt' ich zu den Nachtigallen:
Liebe Nachtigallen, schlaget
Früh, o früh! vor meinem Fenster,
Weckt mich aus dem vollen Schlafe,
Der den Jüngling mächtig fesselt.
Doch die lieberfüllten Sänger
Dehnten nachts vor meinem Fenster
Ihre süßen Melodieen,
Hielten wach die liebe Seele,
Regten zartes neues Sehnen
Aus dem neugerührten Busen.
Und so ging die Nacht vorüber,
Und Aurora fand mich schlafen,
Ja, mich weckte kaum die Sonne.

Endlich ist es Sommer worden,
Und beim ersten Morgenschimmer
Reizt mich aus dem holden Schlummer
Die geschäftig frühe Fliege.
Unbarmherzig kehrt sie wieder,
Wenn auch oft der halb Erwachte
Ungeduldig sie verscheuchet,
Lockt die unverschämten Schwestern,
Und von meinen Augenlidern
Muß der holde Schlaf entweichen.
Rüstig spring' ich von dem Lager,
Suche die geliebten Musen,
Finde sie im Buchenhaine,
Mich gefällig zu empfangen;
Und den leidigen Insekten
Dank' ich manche goldne Stunde.
Seid mir doch, ihr Unbequemen,
Von dem Dichter hochgepriesen
Als die wahren Musageten.

Morgenklagen.

O du loses, leidigliebes Mädchen,
Sag' mir an, womit hab' ich's verschuldet,
Daß du mich auf diese Folter spannest,
Daß du dein gegeben Wort gebrochen?

Drucktest doch so freundlich gestern Abend
Mir die Hände, lispeltest so lieblich:
Ja, ich komme, komme gegen Morgen
Ganz gewiß, mein Freund, auf deine Stube.

Angelehnet ließ ich meine Thüre,
Hatte wohl die Angeln erst geprüfet
Und mich recht gefreut, daß sie nicht knarrten.

Welche Nacht des Wartens ist vergangen!
Wacht' ich doch und zählte jedes Viertel:
Schlief ich ein auf wenig Augenblicke,
War mein Herz beständig wach geblieben,
Weckte mich von meinem leisen Schlummer.

Ja, da segnet' ich die Finsternisse,
Die so ruhig alles überdeckten,
Freute mich der allgemeinen Stille,

Horchte lauschend immer in die Stille,
Ob sich nicht ein Laut bewegen möchte.

„Hätte sie Gedanken, wie ich denke,
Hätte sie Gefühl, wie ich empfinde,
Würde sie den Morgen nicht erwarten,
Würde schon in dieser Stunde kommen.“

Hüpft' ein Kätzchen oben übern Boden,
Knisterte das Mäuschen in der Ecke,
Regte sich, ich weiß nicht was, im Hause,
Immer hofft' ich, deinen Schritt zu hören,
Immer glaubt' ich, deinen Tritt zu hören.

Und so lag ich lang und immer länger,
Und es fing der Tag schon an zu grauen,
Und es rauschte hier und rauschte dorten.

„Ist es ihre Thüre? Wär's die meine!“
Saß ich aufgestemmt in meinem Bette,
Schaute nach der halb erhellten Thüre,
Ob sie nicht sich wohl bewegen möchte.
Angelehnet blieben beide Flügel
Auf den leisen Angeln ruhig hangen.

Und der Tag ward immer hell= und heller;
Hört' ich schon des Nachbars Thüre gehen,
Der das Taglohn zu gewinnen eilet,
Hört' ich bald darauf die Wagen rasseln,
War das Thor der Stadt nun auch eröffnet,
Und es regte sich der ganze Plunder
Des bewegten Marktes durch einander.

Ward nun in dem Haus ein Gehn und Kommen
Auf und ab die Stiegen, hin und wieder
Knarrten Thüren, klapperten die Tritte;
Und ich konnte wie vom schönen Leben
Mich noch nicht von meiner Hoffnung scheiden.

Endlich, als die ganz verhaßte Sonne
Meine Fenster traf und meine Wände,
Sprang ich auf und eilte nach dem Garten,
Meinen heißen, sehnsuchtsvollen Atem
Mit der kühlen Morgenluft zu mischen,
Dir vielleicht im Garten zu begegnen:
Und nun bist du weder in der Laube,
Noch im hohen Lindengang zu finden.

Der Besuch.

Meine Liebste wollt' ich heut beschleichen,
Aber ihre Thüre war verschlossen.
Hab' ich doch den Schlüssel in der Tasche!
Oeffn' ich leise die geliebte Thüre!

Auf dem Saale fand ich nicht das Mädchen,
Fand das Mädchen nicht in ihrer Stube;
Endlich, da ich leis die Kammer öffne,
Find' ich sie, gar zierlich eingeschlafen,
Angekleidet auf dem Sofa liegen.

Bei der Arbeit war sie eingeschlafen;
Das Gestrickte mit den Nadeln ruhte
Zwischen den gefaltnen zarten Händen;
Und ich setzte mich an ihre Seite,
Ging bei mir zu Rat, ob ich sie weckte.

Da betrachtet' ich den schönen Frieden,
Der auf ihren Augenlidern ruhte:
Auf den Lippen war die stille Treue,
Auf den Wangen Lieblichkeit zu Hause,
Und die Unschuld eines guten Herzens
Regte sich im Busen hin und wieder.
Jedes ihrer Glieder lag gefällig
Aufgelöst vom süßen Götterbalsam.

Freudig saß ich da, und die Betrachtung
Hielte die Begierde, sie zu wecken,
Mit geheimen Banden fest und fester.

O du Liebe, dacht' ich, kann der Schlummer,
Der Verräter jedes falschen Zuges,
Kann er dir nicht schaden, nichts entdecken,
Was des Freundes zarte Meinung störte?

Deine holden Augen sind geschlossen,
Die mich offen schon allein bezaubern;
Es bewegen deine süßen Lippen
Weder sich zur Rede noch zum Kusse;
Aufgelöst sind diese Zauberbande
Deiner Arme, die mich sonst umschlingen,
Und die Hand, die reizende Gefährtin
Süßer Schmeicheleien, unbeweglich.

Wär's ein Irrtum, wie ich von dir denke,
Wär' es Selbstbetrug, wie ich dich liebe,
Müßt' ich's jetzt entdecken, da sich Amor
Ohne Binde neben mich gestellet.

Lange saß ich so und freute herzlich
Ihres Wertes mich und meiner Liebe;
Schlafend hatte sie mir so gefallen,
Daß ich mich nicht traute, sie zu wecken.

Leise leg' ich ihr zwei Pomeranzen
Und zwei Rosen auf das Tischchen nieder;
Sachte, sachte schlich ich meiner Wege.

Oeffnet sie die Augen, meine Gute,
Gleich erblickt sie diese bunte Gabe,
Staunt, wie immer bei verschloßnen Thüren
Dieses freundliche Geschenk sich finde.

Seh' ich diese Nacht den Engel wieder,
O wie freut sie sich, vergilt mir doppelt
Dieses Opfer meiner zarten Liebe.

Magisches Netz.

Zum ersten Mai 1803.

Sind es Kämpfe, die ich sehe?
Sind es Spiele? sind es Wunder?
Fünf der allerliebsten Knaben,
Gegen fünf Geschwister streitend,
Regelmäßig, taktbeständig,
Einer Zaubrin zu Gebote.

Blanke Spieße führen jene,
Diese flechten schnelle Fäden,
Daß man glaubt, in ihren Schlingen
Werde sich das Eisen fangen.
Bald gefangen sind die Spieße;
Doch im leichten Kriegestanze
Stiehlt sich einer nach dem andern
Aus der zarten Schleifenreihe,
Die sogleich den freien haschet,
Wenn sie den gebundnen löset.

So mit Ringen, Streiten, Siegen,
Wechselflucht und Wiederkehren
Wird ein künstlich Netz geflochten,
Himmelsflocken gleich an Weiße,
Die, vom Lichten in das Dichte,
Musterhafte Streifen ziehen,
Wie es Farben kaum vermöchten.

Wer empfängt nun der Gewänder
Allerwünschtes? Wen begünstigt
Unsre vielgeliebte Herrin,
Als den anerkannten Diener?
Mich beglückt des holden Loses
Treu und still ersehntes Zeichen!
Und ich fühle mich umschlungen,
Ihrer Dienerschaft gewidmet.

Doch indem ich so behaglich,
Aufgeschmückt, stolzierend wandle,
Sieh! da knüpfen jene Losen,
Ohne Streit, geheim geschäftig,
Andre Netze, fein und feiner,
Dämmrungsfäden, Mondenblicke,
Nachtviolenduft verwebend.

Eh wir nur das Netz bemerken,
Ist ein Glücklicher gefangen,
Den wir andern, den wir alle,
Segnend und beneidend, grüßen.

Der Becher.

Einen wohlgeschnitzten vollen Becher
Hielt ich drückend in den beiden Händen,
Sog begierig süßen Wein vom Rande,
Gram und Sorg' auf einmal zu vertrinken.

Amor trat herein und fand mich sitzen,
Und er lächelte bescheidenweise,
Als den Unverständigen bedauernd.

„Freund, ich kenn' ein schöneres Gefäße,
Wert, die ganze Seele drein zu senken;
Was gelobst du, wenn ich dir es gönne,
Es mit anderm Nektar dir erfülle?"

O, wie freundlich hat er Wort gehalten,
Da er, Lida, dich mit sanfter Neigung
Mir, dem lange Sehnenden, geeignet.

Wenn ich deinen lieben Leib umfasse
Und von deinen einzig treuen Lippen
Langbewahrter Liebe Balsam koste,
Selig sprech' ich dann zu meinem Geiste:

Nein, ein solch Gefäß hat, außer Amorn,
Nie ein Gott gebildet noch besessen!
Solche Formen treibet nie Vulkanus
Mit den sinnbegabten feinen Hämmern!
Auf belaubten Hügeln mag Lyäus
Durch die ältsten, klügsten seiner Faunen
Ausgesuchte Trauben keltern lassen,
Selbst geheimnisvoller Gärung vorstehn:
Solchen Trank verschafft ihm keine Sorgfalt!

Nachtgedanken.

Euch bedaur' ich, unglücksel'ge Sterne,
Die ihr schön seid und so herrlich scheinet,
Dem bedrängten Schiffer gerne leuchtet,
Unbelohnt von Göttern und von Menschen:
Denn ihr liebt nicht, kanntet nie die Liebe!
Unaufhaltsam führen ew'ge Stunden
Eure Reihen durch den weiten Himmel.
Welche Reise habt ihr schon vollendet,
Seit ich, weilend in dem Arm der Liebsten,
Euer und der Mitternacht vergessen.

An Lida.

Den Einzigen, Lida, welchen du lieben kannst,
Forderst du ganz für dich, und mit Recht.
Auch ist er einzig dein.
Denn seit ich von dir bin,
Scheint mir des schnellsten Lebens
Lärmende Bewegung
Nur ein leichter Flor, durch den ich deine Gestalt
Immerfort wie in Wolken erblicke:

Sie leuchtet mir freundlich und treu,
Wie durch des Nordlichts bewegliche Strahlen
Ewige Sterne schimmern.

Für ewig.

Denn was der Mensch in seinen Erdeschranken
Von hohem Glück mit Götternamen nennt,
Die Harmonie der Treue, die kein Wanken,
Der Freundschaft, die nicht Zweifelsorge kennt,
Das Licht, das Weisen nur zu einsamen Gedanken
Das Dichtern nur in schönen Bildern brennt,
Das hatt' ich all in meinen besten Stunden
In Ihr entdeckt und es für mich gefunden.

Zwischen beiden Welten.

Einer Einzigen angehören,
Einen Einzigen verehren,
Wie vereint es Herz und Sinn!
Lida! Glück der nächsten Nähe,
William! Stern der schönsten Höhe,
Euch verdank' ich, was ich bin.
Tag' und Jahre sind verschwunden,
Und doch ruht auf jenen Stunden
Meines Wertes Vollgewinn.

Aus einem Stammbuch von 1604.

Hoffnung beschwingt Gedanken, Liebe Hoffnung.
In klarster Nacht hinauf zu Cynthien, Liebe!
Und sprich: wie sie sich oben umgestaltet,
So auf der Erde schwindet, wächst mein Glück.
Und wispere sanft-bescheiden ihr ans Ohr,
Wie Zweifel oft das Haupt hing, Treue thränte.
Und ihr, Gedanken, mißzutraun geneigt,
Beschilt euch die Geliebte dessenthalb,
So sagt: ihr wechselt zwar, doch ändert nicht,
Wie sie dieselbe bleibt und immer wechselt.
Untrauen tritt ins Herz, vergiftet's nicht,

Denn Lieb' ist süßer, von Verdacht gewürzt.
Wenn sie verdrießlich dann das Aug' umwölkt,
Des Himmels Kläre widerwärtig schwärzt,
Dann, Seufzer=Winde, scheucht die Wolken weg,
Thränt nieder, sie in Regen aufzulösen!
Gedanke, Hoffnung, Liebe, bleibt nur dort,
Bis Cynthia scheint, wie sie mir sonst gethan!

———

Dem aufgehenden Vollmonde.

Dornburg, 25. August 1828.

Willst du mich sogleich verlassen?
Warst im Augenblick so nah!
Dich umfinstern Wolkenmassen,
Und nun bist du gar nicht da.

Doch du fühlst, wie ich betrübt bin,
Blickt dein Rand herauf als Stern!
Zeugest mir, daß ich geliebt bin,
Sei das Liebchen noch so fern.

So hinan denn! hell und heller,
Reiner Bahn, in voller Pracht!
Schlägt mein Herz auch schmerzlich schneller,
Ueberselig ist die Nacht.

———

Der Bräutigam.

Um Mitternacht, ich schlief, im Busen wachte
Das liebevolle Herz, als wär' es Tag;
Der Tag erschien, mir war, als ob es nachte;
Was ist es mir, so viel er bringen mag.

Sie fehlte ja; mein emsig Thun und Streben,
Für sie allein ertrug ich's durch die Glut
Der heißen Stunde; welch erquicktes Leben
Am kühlen Abend! lohnend war's und gut.

Die Sonne sank, und Hand in Hand verpflichtet,
Begrüßten wir den letzten Segensblick,
Und Auge sprach, ins Auge klar gerichtet:
Von Osten, hoffe nur, sie kommt zurück!

Um Mitternacht der Sterne Glanz geleitet
Im holden Traum zur Schwelle, wo sie ruht.
O, sei auch mir dort auszuruhn bereitet,
Wie es auch sei, das Leben, es ist gut!

Dornburg, September 1828.

Früh, wenn Thal, Gebirg und Garten
Nebelschleiern sich enthüllen
Und dem sehnlichsten Erwarten
Blumenkelche bunt sich füllen;

Wenn der Aether, Wolken tragend,
Mit dem klaren Tage streitet
Und ein Ostwind, sie verjagend,
Blaue Sonnenbahn bereitet;

Dankst du dann, am Blick dich weidend,
Reiner Brust der Großen, Holden,
Wird die Sonne, rötlich scheidend,
Rings den Horizont vergolden.

Um Mitternacht.

Um Mitternacht ging ich, nicht eben gerne,
Klein, kleiner Knabe, jenen Kirchhof hin
Zu Vaters Haus, des Pfarrers; Stern am Sterne,
Sie leuchteten doch alle gar zu schön;
 Um Mitternacht.

Wenn ich dann ferner in des Lebens Weite
Zur Liebsten mußte, mußte, weil sie zog,
Gestirn und Nordschein über mir im Streite,
Ich gehend, kommend Seligkeiten sog;
 Um Mitternacht.

Bis dann zuletzt des vollen Mondes Helle
So klar und deutlich mir ins Finstere drang,
Auch der Gedanke willig, sinnig, schnelle
Sich ums Vergangne wie ums Künftige schlang;
 Um Mitternacht.

Bei Betrachtung von Schillers Schädel.

Im ernsten Beinhaus war's, wo ich beschaute,
 Wie Schädel Schädeln angeordnet paßten;
 Die alte Zeit gedacht' ich, die ergraute.

Sie stehn in Reih geklemmt, die sonst sich haßten,
 Und derbe Knochen, die sich tödlich schlugen,
 Sie liegen kreuzweis, zahm allhier zu rasten.

Entrenkte Schulterblätter! Was sie trugen,
 Fragt niemand mehr; und zierlich thät'ge Glieder,
 Die Hand, der Fuß zerstreut aus Lebensfugen.

Ihr Müden also lagt vergebens nieder;
 Nicht Ruh im Grabe ließ man euch, vertrieben
 Seid ihr herauf zum lichten Tage wieder,

Und niemand kann die dürre Schale lieben,
 Welch herrlich edlen Kern sie auch bewahrte.
 Doch mir Adepten war die Schrift geschrieben,

Die heil'gen Sinn nicht jedem offenbarte,
 Als ich inmitten solcher starren Menge
 Unschätzbar herrlich ein Gebild gewahrte,

Daß in des Raumes Moderkält' und Enge
 Ich frei und wärmefühlend mich erquickte,
 Als ob ein Lebensquell dem Tod entspränge.

Wie mich geheimnisvoll die Form entzückte!
 Die gottgedachte Spur, die sich erhalten!
 Ein Blick, der mich an jenes Meer entrückte,

Das flutend strömt gesteigerte Gestalten.
 Geheim Gefäß, Orakelsprüche spendend!
 Wie bin ich wert, dich in der Hand zu halten?

Dich höchsten Schatz aus Moder fromm entwendend
 Und in die freie Luft, zu freiem Sinnen,
 Zum Sonnenlicht andächtig hin mich wendend.

Was kann der Mensch im Leben mehr gewinnen,
 Als daß sich Gott-Natur ihm offenbare,
 Wie sie das Feste läßt zu Geist verrinnen,
 Wie sie das Geisterzeugte fest bewahre!

Aus den Leiden des jungen Werthers.

1775.

Jeder Jüngling sehnt sich, so zu lieben,
Jedes Mädchen, so geliebt zu sein;
Ach, der heiligste von unsern Trieben,
Warum quillt aus ihm die grimme Pein?

Du beweinst, du liebst ihn, liebe Seele,
Rettest sein Gedächtniß von der Schmach:
Sieh, dir winkt sein Geist aus seiner Höhle:
Sei ein Mann und folge mir nicht nach.

Trilogie der Leidenschaft.

An Werther.

Noch einmal wagst du, vielbeweinter Schatten,
Hervor dich an das Tageslicht,
Begegnest mir auf neu beblümten Matten,
Und meinen Anblick scheust du nicht.
Es ist, als ob du lebtest in der Frühe,
Wo uns der Tau auf einem Feld erquickt,
Und nach des Tages unwillkommner Mühe
Der Scheidesonne letzter Strahl entzückt;
Zum Bleiben ich, zum Scheiden du erkoren,
Gingst du voran — und hast nicht viel verloren.

Des Menschen Leben scheint ein herrlich Loos:
Der Tag, wie lieblich, so die Nacht, wie groß!
Und wir, gepflanzt in Paradieses Wonne,
Genießen kaum der hocherlauchten Sonne,
Da kämpft sogleich verworrene Bestrebung
Bald mit uns selbst und bald mit der Umgebung;
Keins wird vom andern wünschenswert ergänzt,
Von außen düstert's, wenn es innen glänzt,
Ein glänzend Aeußres deckt mein trüber Blick,
Da steht es nah — und man verkennt das Glück.

Nun glauben wir's zu kennen! Mit Gewalt
Ergreift uns Liebreiz weiblicher Gestalt:
Der Jüngling, froh wie in der Kindheit Flor,
Im Frühling tritt als Frühling selbst hervor,
Entzückt, erstaunt, wer dies ihm angethan?
Er schaut umher, die Welt gehört ihm an.

Ins Weite zieht ihn unbefangne Hast,
Nichts engt ihn ein, nicht Mauer, nicht Palast;
Wie Vögelschar an Wäldergipfeln streift,
So schweift auch er, der um die Liebste schweift,
Er sucht vom Aether, den er gern verläßt,
Den treuen Blick, und dieser hält ihn fest.

Doch erst zu früh und dann zu spät gewarnt,
Fühlt er den Flug gehemmt, fühlt sich umgarnt;
Das Wiedersehn ist froh, das Scheiden schwer,
Das Wieder=Wiedersehn beglückt noch mehr,
Und Jahre sind im Augenblick ersetzt;
Doch tückisch harrt das Lebewohl zuletzt.

Du lächelst, Freund, gefühlvoll, wie sich ziemt:
Ein gräßlich Scheiden machte dich berühmt;
Wir feierten dein kläglich Mißgeschick,
Du ließest uns zu Wohl und Weh zurück;
Dann zog uns wieder ungewisse Bahn
Der Leidenschaften labyrinthisch an;
Und wir, verschlungen wiederholter Not,
Dem Scheiden endlich — Scheiden ist der Tod!
Wie klingt es rührend, wenn der Dichter singt,
Den Tod zu meiden, den das Scheiden bringt!
Verstrickt in solche Qualen, halbverschuldet,
Geb' ihm ein Gott, zu sagen, was er duldet.

Elegie.

Und wenn der Mensch in seiner Qual verstummt,
Gab mir ein Gott, zu sagen, was ich leide.

Was soll ich nun vom Wiedersehen hoffen,
Von dieses Tages noch geschloßner Blüte?
Das Paradies, die Hölle steht dir offen;
Wie wankelsinnig regt sich's im Gemüte! —
Kein Zweifeln mehr! Sie tritt ans Himmelsthor,
Zu ihren Armen hebt sie dich empor.

So warst du denn im Paradies empfangen,
Als wärst du wert des ewig schönen Lebens;
Dir blieb kein Wunsch, kein Hoffen, kein Verlangen,
Hier war das Ziel des innigsten Bestrebens,
Und in dem Anschaun dieses einzig Schönen
Versiegte gleich der Quell sehnsüchtiger Thränen.

Wie regte nicht der Tag die raschen Flügel,
Schien die Minuten vor sich her zu treiben!
Der Abendkuß, ein treu verbindlich Siegel:
So wird es auch der nächsten Sonne bleiben.
Die Stunden glichen sich in zartem Wandern
Wie Schwestern zwar, doch keine ganz den andern.

Der Kuß, der letzte, grausam süß, zerschneidend
Ein herrliches Geflecht verschlungner Minnen.
Nun eilt, nun stockt der Fuß, die Schwelle meidend,
Als trieb' ein Cherub flammend ihn von hinnen;
Das Auge starrt auf düstrem Pfad verdrossen,
Es blickt zurück, die Pforte steht verschlossen.

Und nun verschlossen in sich selbst, als hätte
Dies Herz sich nie geöffnet, selige Stunden
Mit jedem Stern des Himmels um die Wette
An ihrer Seite leuchtend nicht empfunden;
Und Mißmut, Reue, Vorwurf, Sorgenschwere
Belasten's nun in schwüler Atmosphäre.

Ist denn die Welt nicht übrig? Felsenwände,
Sind sie nicht mehr gekrönt von heiligen Schatten?
Die Ernte, reift sie nicht? Ein grün Gelände,
Zieht sich's nicht hin am Fluß durch Busch und Matten?
Und wölbt sich nicht das überweltlich Große,
Gestaltenreiche, bald Gestaltenlose?

Wie leicht und zierlich, klar und zart gewoben,
Schwebt, Seraph gleich, aus ernster Wolken Chor,
Als glich' es ihr, am blauen Aether droben
Ein schlank Gebild aus lichtem Duft empor;
So sahst du sie in frohem Tanze walten,
Die Lieblichste der lieblichsten Gestalten.

Doch nur Momente darfst dich unterwinden,
Ein Luftgebild statt ihrer festzuhalten;
Ins Herz zurück! dort wirst du's besser finden,
Dort regt sie sich in wechselnden Gestalten;
Zu vielen bildet eine sich hinüber,
So tausendfach und immer, immer lieber.

Wie zum Empfang sie an den Pforten weilte
Und mich von dannauf stufenweis beglückte;
Selbst nach dem letzten Kuß mich noch ereilte,
Den letztesten mir auf die Lippen drückte:

So klar beweglich bleibt das Bild der Lieben
Mit Flammenschrift ins treue Herz geschrieben.

Ins Herz, das fest, wie zinnenhohe Mauer,
Sich ihr bewahrt und sie in sich bewahret,
Für sie sich freut an seiner eignen Dauer,
Nur weiß von sich, wenn sie sich offenbaret,
Sich freier fühlt in so geliebten Schranken
Und nur noch schlägt, für alles ihr zu danken.

War Fähigkeit, zu lieben, war Bedürfen
Von Gegenliebe weggelöscht, verschwunden;
Ist Hoffnungslust zu freudigen Entwürfen,
Entschlüssen, rascher That sogleich gefunden!
Wenn Liebe je den Liebenden begeistet,
Ward es an mir aufs lieblichste geleistet;

Und zwar durch sie! — Wie lag ein innres Bangen
Auf Geist und Körper, unwillkommner Schwere:
Von Schauerbildern rings der Blick umfangen
Im wüsten Raum beklommner Herzensleere;
Nun dämmert Hoffnung von bekannter Schwelle,
Sie selbst erscheint in milder Sonnenhelle.

Dem Frieden Gottes, welcher euch hienieden
Mehr als Vernunft beseliget — wir lesen's —
Vergleich' ich wohl der Liebe heitern Frieden
In Gegenwart des allgeliebten Wesens;
Da ruht das Herz, und nichts vermag, zu stören
Den tiefsten Sinn, den Sinn, ihr zu gehören.

In unsers Busens Reine wogt ein Streben,
Sich einem Höhern, Reinern, Unbekannten
Aus Dankbarkeit freiwillig hinzugeben,
Enträtselnd sich den ewig Ungenannten;
Wir heißen's: fromm sein! — Solcher seligen Höhe
Fühl' ich mich teilhaft, wenn ich vor ihr stehe.

Vor ihrem Blick, wie vor der Sonne Walten,
Vor ihrem Atem, wie vor Frühlingslüften,
Zerschmilzt, so längst sich eisig starr gehalten,
Der Selbstsinn tief in winterlichen Grüften:
Kein Eigennutz, kein Eigenwille dauert,
Vor ihrem Kommen sind sie weggeschauert.

Es ist, als wenn sie sagte: „Stund' um Stunde
Wird uns das Leben freundlich dargeboten,

Das Geſtrige ließ uns geringe Kunde,
Das Morgende, zu wiſſen iſt's verboten;
Und wenn ich je mich vor dem Abend ſcheute,
Die Sonne ſank und ſah noch, was mich freute.

„Drum thu wie ich und ſchaue, froh verſtändig,
Dem Augenblick ins Auge! Kein Verſchieben!
Begegn' ihm ſchnell, wohlwollend wie lebendig,
Im Handeln ſei's, zur Freude, ſei's dem Lieben;
Nur wo du biſt, ſei alles, immer kindlich,
So biſt du alles, biſt unüberwindlich.“

Du haſt gut reden, dacht' ich; zum Geleite
Gab dir ein Gott die Gunſt des Augenblickes,
Und jeder fühlt an deiner holden Seite
Sich Augenblicks den Günſtling des Geſchickes;
Mich ſchreckt der Wink, von dir mich zu entfernen,
Was hilft es mir, ſo hohe Weisheit lernen!

Nun bin ich fern! Der jetzigen Minute,
Was ziemt denn der? Ich wüßt' es nicht zu ſagen;
Sie bietet mir zum Schönen manches Gute,
Das laſtet nur, ich muß mich ihm entſchlagen;
Mich treibt umher ein unbezwinglich Sehnen,
Da bleibt kein Rat als grenzenloſe Thränen.

So quellt denn fort und fließet unaufhaltſam!
Doch nie geläng's, die innre Glut zu dämpfen!
Schon raſt's und reißt in meiner Bruſt gewaltſam,
Wo Tod und Leben grauſend ſich bekämpfen.
Wohl Kräuter gäb's, des Körpers Qual zu ſtillen;
Allein dem Geiſt fehlt's am Entſchluß und Willen,

Fehlt's am Begriff: wie ſollt' er ſie vermiſſen?
Er wiederholt ihr Bild zu tauſend Malen.
Das zaudert bald, bald wird es weggeriſſen,
Undeutlich jetzt und jetzt im reinſten Strahlen;
Wie könnte dies geringſtem Troſte frommen,
Die Ebb' und Flut, das Gehen wie das Kommen?

*

Verlaßt mich hier, getreue Weggenoſſen!
Laßt mich allein am Fels, in Moor und Moos!
Nur immer zu! euch iſt die Welt erſchloſſen,
Die Erde weit, der Himmel hehr und groß;
Betrachtet, forſcht, die Einzelheiten ſammelt,
Naturgeheimnis werde nachgeſtammelt.

Mir ist das All, ich bin mir selbst verloren,
Der ich noch erst den Göttern Liebling war;
Sie prüften mich, verliehen mir Pandoren,
So reich an Gütern, reicher an Gefahr;
Sie drängten mich zum gabseligen Munde,
Sie trennen mich und richten mich zu Grunde.

Aussöhnung.

Die Leidenschaft bringt Leiden! — Wer beschwichtigt
Beklommnes Herz, das allzuviel verloren?
Wo sind die Stunden, überschnell verflüchtigt?
Vergebens war das Schönste dir erkoren!
Trüb ist der Geist, verworren das Beginnen;
Die hehre Welt, wie schwindet sie den Sinnen!

Da schwebt hervor Musik mit Engelschwingen,
Verflicht zu Millionen Tön' um Töne,
Des Menschen Wesen durch und durch zu bringen,
Zu überfüllen ihn mit ew'ger Schöne:
Das Auge netzt sich, fühlt im höhern Sehnen
Den Götterwert der Töne wie der Thränen.

Und so das Herz erleichtert merkt behende,
Daß es noch lebt und schlägt und möchte schlagen,
Zum reinsten Dank der überreichen Spende
Sich selbst erwidernd willig darzutragen.
Da fühlte sich — o, daß es ewig bliebe! —
Das Doppelglück der Töne wie der Liebe.

Aeolsharfen.
Gespräch.
Er.

Ich dacht', ich habe keinen Schmerz,
Und doch war mir so bang ums Herz,
Mir war's gebunden vor der Stirn
Und hohl im innersten Gehirn —
Bis endlich Thrän' auf Thräne fließt,
Verhaltnes Lebewohl ergießt. —
Ihr Lebewohl war heitre Ruh,
Sie weint wohl jetzund auch wie du.

Sie.

Ja, er iſt fort, das muß nun ſein.
Ihr Lieben, laßt mich nur allein;
Sollt' ich euch ſeltſam ſcheinen,
Es wird nicht ewig währen!
Jetzt kann ich ihn nicht entbehren,
Und da muß ich weinen.

Er.

Zur Trauer bin ich nicht geſtimmt,
Und Freude kann ich auch nicht haben:
Was ſollen mir die reifen Gaben,
Die man von jedem Baume nimmt!
Der Tag iſt mir zum Ueberdruß,
Langweilig iſt's, wenn Nächte ſich befeuern;
Mir bleibt der einzige Genuß,
Dein holdes Bild mir ewig zu erneuern,
Und fühlteſt du den Wunſch nach dieſem Segen,
Du kämeſt mir auf halbem Weg entgegen.

Sie.

Du trauerſt, daß ich nicht erſcheine,
Vielleicht entfernt ſo treu nicht meine,
Sonſt wär' mein Geiſt im Bilde da.
Schmückt Iris wohl des Himmels Bläue?
Laß regnen, gleich erſcheint die neue.
Du weinſt! Schon bin ich wieder da.

Er.

Ja, du biſt wohl an Iris zu vergleichen!
Ein liebenswürdig Wunderzeichen.
So ſchmiegſam herrlich, bunt in Harmonie
Und immer neu und immer gleich wie ſie.

Immer und überall.

Dringe tief zu Berges Grüften,
Wolken folge hoch zu Lüften;
Muſe ruft zu Bach und Thale
Tauſend, aber tauſend Male.

Sobald ein frisches Kelchlein blüht,
Es fordert neue Lieder;
Und wenn die Zeit verrauschend flieht,
Jahrszeiten kommen wieder.

St. Nepomuks Vorabend.

Karlsbad, den 15. Mai 1820.

Lichtlein schwimmen auf dem Strome,
Kinder singen auf der Brücken,
Glocke, Glöckchen fügt vom Dome
Sich der Andacht, dem Entzücken.

Lichtlein schwinden, Sterne schwinden!
Also löste sich die Seele
Unsres Heil'gen, nicht verkünden
Durft' er anvertraute Fehle.

Lichtlein, schwimmet! spielt, ihr Kinder!
Kinderchor, o, singe, singe!
Und verkündiget nicht minder,
Was den Stern zu Sternen bringe!

Im Vorübergehn.

Ich ging im Felde
So für mich hin,
Und nichts zu suchen,
Das war mein Sinn.

Da stand ein Blümchen
Sogleich so nah,
Daß ich im Leben
Nichts lieber sah.

Ich wollt' es brechen,
Da sagt' es schleunig:
Ich habe Wurzeln,
Die sind gar heimlich.

Im tiefen Boden
Bin ich gegründet;
Drum sind die Blüten
So schön gerundet.

Ich kann nicht liebeln,
Ich kann nicht schranzen;
Mußt mich nicht brechen,
Mußt mich verpflanzen.

Ich ging im Walde
So für mich hin;
Ich war so heiter,
Wollt' immer weiter —
Das war mein Sinn.

Pfingsten.

Unter halb verwelkten Maien
Schläft der liebe Freund so still;
O! wie soll es ihn erfreuen,
Was ich ihm vertrauen will:
Ohne Wurzeln dieses Reisig,
Es verdorrt das junge Blut;
Aber Liebe wie Herr Dreißig
Nähret ihre Pflanzen gut.

Blick um Blick.

Wenn du dich im Spiegel besiehst,
Denke, daß ich diese Augen küßte
Und mich mit mir selbst entzweien müßte,
Sobalde du mich fliehst:
Denn da ich nur in diesen Augen lebe,
Du mir gibst, was ich gebe,
So wär' ich ganz verloren;
Jetzt bin ich immer wie neu geboren.

Gegenseitig.

Wie sitzt mir das Liebchen?
Was freut sie so groß?
Den Fernen, sie wiegt ihn,
Sie hat ihn im Schoß;

Im zierlichen Käfig
Ein Vöglein ſie hält.
Sie läßt es herauſer,
So wie's ihr gefällt.

Hat's Picken dem Finger,
Den Lippen gethan,
Es flieget und flattert
Und wieder heran.

So eile zur Heimat,
Das iſt nun der Brauch,
Und haſt du das Mädchen,
So hat ſie dich auch.

Freibeuter.

Mein Haus hat kein' Thür,
Mein' Thür hat ke' Haus;
Und immer mit Schätzel
Hinein und heraus.

Mei Küch hat ke' Herd,
Mei Herd hat ke' Küch;
Da bratet's und ſiedet's
Für ſich und für mich.

Mei Bett hat ke' G'ſtell,
Mei G'ſtell hat ke' Bett;
Doch wüßt ich nit e'nen,
Der's luſtiger hett.

Mei Keller is hoch,
Mei Scheuer is tief;
Zu oberſt zu unterſt –
Da lag ich und ſchlief.

Und bin ich erwachen,
Da geht es ſo fort;
Mei Ort hat ke' Bleibens,
Mei Bleibens ken' Ort.

Der neue Kopernikus.

Art'ges Häuschen hab' ich klein,
Und, darin verſtecket,
Bin ich vor der Sonne Schein
Gar bequem bedecket.

Denn da gibt es Schalterlein,
Federchen und Lädchen,
Finde mich so wohl allein,
Als mit hübschen Mädchen.

Denn, o Wunder! mir zur Luft
Regen sich die Wälder,
Näher kommen meiner Bruft
Die entfernten Felder.

Und so tanzen auch vorbei
Die bewachsnen Berge,
Fehlet nur das Luftgeschrei
Aufgeregter Zwerge.

Doch so gänzlich still und stumm
Rennt es mir vorüber,
Meistens grad und oft auch krumm,
Und so ist mir's lieber.

Wenn ich's recht betrachten will
Und es ernst gewahre,
Steht vielleicht das alles still,
Und ich selber fahre.

———————

So ist der Held, der mir gefällt.

Flieh, Täubchen, flieh! Er ist nicht hie,
Der dich an dem schönsten Frühlingsmorgen
Fand im Wäldchen, wo du dich verborgen.
Flieh, Täubchen, flieh! Er ist nicht hie!
Böser Laurer Füße raften nie.

Horch! Flötenklang, Liebesgesang
Wallt auf Lüftchen hin zu Chloens Ohre,
Findt im zarten Herzen offne Thore.
Horch! Flötenklang, Liebesgesang!
Horch! — es wird der süßen Liebe zu lang.

Hoch ist sein Schritt, fest ist sein Tritt,
Schwarzes Haar auf runder Stirne bebet,
Auf den Wangen ew'ger Frühling lebet.
Hoch ist sein Schritt, fest ist sein Tritt,
Edler Deutschen Füße gleiten nit.

Warm ist die Bruft, keusch seine Luft;
Schwarze Augen unter runden Bogen
Sind mit zarten Falten schön umzogen.

Warm ist die Brust, keusch seine Lust,
Auch beim Anblick du ihn lieben mußt.

Rot ist sein Mund, der mich verwundt,
Auf den Lippen träufeln Morgendüfte,
Auf den Lippen säuseln kühle Lüfte.
Rot ist sein Mund, der mich verwundt,
Nur ein Blick von ihm macht mich gesund.

Treu ist sein Blut, stark ist sein Mut;
Schutz und Stärke wohnt in weichen Armen,
Auf dem Antlitz wohnet edles Erbarmen.
Treu ist sein Blut, stark ist sein Mut;
Selig, wer an seinem Busen ruht!

So ist der Held, der mir gefällt.
Soll mein deutsches Herz mit weichen Flöten
Rasches Blut in meinen Adern töten?
So ist der Held, der mir gefällt,
Ihn vertausch' ich nicht um eine Welt.

Singt, Schäfer, singt, wie's euch gelingt,
Wieland soll nicht mehr mit seinesgleichen
Edlen Mut von eurer Brust verscheuchen.
Singt, Schäfer, singt, wie's euch gelingt,
Bis ihr deutschen Glanz zu Grabe bringt.

Ungeduld.

Immer wieder in die Weite,
Ueber Länder an das Meer,
Phantasieen in der Breite,
Schwebt am Ufer hin und her!
Neu ist immer die Erfahrung:
Immer ist dem Herzen bang,
Schmerzen sind der Jugend Nahrung,
Thränen seliger Lobgesang.

Mit den Wanderjahren.

Die Wanderjahre sind nun angetreten,
Und jeder Schritt des Wandrers ist bedenklich.
Zwar pflegt er nicht zu singen und zu beten;
Doch wendet er, sobald der Pfad verfänglich,

Den ernsten Blick, wo Nebel ihn umtrüben,
Ins eigne Herz und in das Herz der Lieben.

Und so heb' ich alte Schätze,
Wunderlichst in diesem Falle;
Wenn sie nicht zum Golde setze,
Sind's doch immerfort Metalle.
Man kann schmelzen, man kann scheiden,
Wird gediegen, läßt sich wägen;
Möge mancher Freund mit Freuden
Sich's nach seinem Bilde prägen!

Wüßte kaum genau zu sagen,
Ob ich es noch selber bin;
Will man mich im ganzen fragen,
Sag' ich: Ja, so ist mein Sinn!
Ist ein Sinn, der uns zuweilen
Bald beängstet, bald ergötzt
Und in so viel tausend Zeilen
Wieder sich ins Gleiche setzt.

Wanderlied.

Von dem Berge zu den Hügeln,
Niederab das Thal entlang,
Da erklingt es wie von Flügeln,
Da bewegt sich's wie Gesang;
Und dem unbedingten Triebe
Folget Freude, folget Rat;
Und dein Streben, sei's in Liebe,
Und dein Leben sei die That.

Denn die Bande sind zerrissen,
Das Vertrauen ist verletzt;
Kann ich sagen, kann ich wissen,
Welchem Zufall ausgesetzt,
Ich nun scheiden, ich nun wandern,
Wie die Witwe, trauervoll,
Statt dem einen, mit dem andern
Fort und fort mich wenden soll!

Bleibe nicht am Boden heften,
Frisch gewagt und frisch hinaus!

Kopf und Arm mit heitern Kräften,
Ueberall sind sie zu Haus;
Wo wir uns der Sonne freuen,
Sind wir jede Sorge los;
Daß wir uns in ihr zerstreuen,
Darum ist die Welt so groß.

Lied der Auswandrer.

Bleiben, Gehen, Gehen, Bleiben,
Sei fortan dem Tücht'gen gleich;
Wo wir Nützliches betreiben,
Ist der werteste Bereich.
Dir zu folgen, wird ein Leichtes;
Wer gehorchet, der erreicht es;
Zeig' ein festes Vaterland!
Heil dem Führer! Heil dem Band!

Du verteilest Kraft und Bürde
Und erwägst es ganz genau;
Gibst dem Alten Ruh und Würde,
Jünglingen Geschäft und Frau.
Wechselseitiges Vertrauen
Wird ein reinlich Häuschen bauen,
Schließen Hof und Gartenzaun,
Auch der Nachbarschaft vertraun.

Wo an wohlgebahnten Straßen
Man in neuer Schenke weilt,
Wo dem Fremdling reichermaßen
Ackerfeld ist zugeteilt,
Siedeln wir uns an mit andern.
Eilet, eilet, einzuwandern
In das feste Vaterland!
Heil dir, Führer! Heil dir, Band!

Erklärung eines alten Holzschnittes,

vorstellend

Hans Sachsens poetische Sendung.

(Erste Fassung von 1776.)

In seiner Werkstatt Sonntags früh
Steht unser teurer Meister hie;
Sein schmutzig Schurzfell abgelegt,
Ein sauber Feierwams er trägt,
Läßt Pechdraht, Hammer und Kneipe rasten,
Die Ahl' steckt an den Arbeitskasten;
Er ruht nun auch am siebenten Tag
Von manchem Zug und manchem Schlag.

Wie er die Frühlingssonne spürt,
Die Ruh ihm neue Arbeit gebiert;
Er fühlt, daß er eine kleine Welt
In seinem Gehirne brütend hält,
Daß die fängt an zu wirken und leben,
Daß er sie gerne möcht' von sich geben.
Er hätt ein Auge treu und klug
Und wär auch liebevoll genug,
Zu schauen manches klar und rein
Und wieder alles zu machen sein;
Hätt auch eine Zunge, die sich ergoß
Und leicht und fein in Worte floß:
Des thäten die Musen sich erfreuen,
Wollten ihn zum Meistersänger weihen.

Da tritt herein ein junges Weib,
Mit voller Brust und rundem Leib;
Kräftig sie auf den Füßen steht,
Grad, edel vor sich hin sie geht,
Ohne mit Schlepp und Steiß zu schwänzen,
Noch mit 'n Augen 'rum zu scharlenzen.
Sie trägt einen Maßstab in ihrer Hand,
Ihr Gürtel ist ein gülbin Band,
Hätt auf dem Haupt ein Kornähr=Kranz,
Ihr Aug war lichten Tages Glanz;
Man nennt sie Thätig Ehrbarkeit,
Sonst auch Großmut, Rechtfertigkeit.

Die tritt mit gutem Gruß herein,
Er drob nicht mag verwundert sein;

Denn, wie ſie iſt, ſo gut und ſchön,
Meint er, er hätt' ſie ſchon lang geſehn.

Die ſpricht: „Ich hab' dich auserleſen
Vor vielen in dem Weltwirr=Weſen,
Daß du ſollſt haben klare Sinnen,
Nichts Ungeſchicklichs magſt beginnen.
Wenn andre durch einander rennen,
Sollſt du's mit treuem Blick erkennen;
Wenn andre bärmlich ſich beklagen,
Sollſt ſchwankweis deine Sach fürtragen;
Sollſt halten über Ehr' und Recht,
In allem Ding ſein ſchlicht und ſchlecht;
Krummheit und Tugend bieder preiſen,
Das Bös mit ſeinem Namen heißen,
Nichts verzierlicht und nichts verkritzelt,
Nichts verlindert und nichts verwitzelt!
Sondern die Welt ſoll vor dir ſtehn,
Wie Albrecht Dürer ſie hat geſehn;
Ihr feſtes Leben und Mannlichkeit,
Ihr inner Maß und Ständigkeit.
Der Natur=Genius an der Hand
Soll dich führen durch alle Land,
Soll dir zeigen all das Leben,
Der Menſchen wunderliches Weben,
Ihr Wirren, Suchen, Stoßen und Treiben,
Schieben, Reißen, Drängen und Reiben,
Wie kunterbunt die Wirtſchaft tollert,
Der Ameishauf durcheinander kollert;
Mag dir aber bei allem geſchehn,
Als thätſt's in ein'm Zauberkaſten ſehn.
Schreib das dem Menſchenvolk auf Erden,
Ob's ihnen möcht' zur Witzung werden.“
Da macht ſie ihm ein Fenſter auf,
Zeigt ihm draußen viel bunten Hauf,
Unter dem Himmel allerlei Weſen,
Wie ihr's mögt in ſein'n Schriften leſen.

Wie nun der liebe Meiſter ſich
An der Natur freut inniglich,
Da ſeht ihr an der andern Seiten
Ein altes Weiblein zu ihm gleiten:
Man nennet ſie Hiſtoria,
Mythologia, Fabula;
Sie iſt rumpfet, ſtrumpfet, bucklet und krumb,
Aber eben ehrwürdig darumb;

Sie schleppt mit keuchend wankenden Schritten
Ein große Tafel in Holz geschnitten;
Darauf seht ihr mit weiten Aermeln und Falten
Gott Vater Kinderlehre halten,
Adam, Eva, Paradeis und Schlang,
Sodom und Gomorrhas Untergang,
Könnt auch die Zwölf durchlauchtigen Frauen
Da in ein'm Ehrenspiegel schauen;
Dann allerlei Blutdurst, Frevel und Mord,
Der Zwölf Tyrannen Schandenport,
Auch allerlei Lehr und gute Weis.
Könnt sehen Sankt Peter mit der Geiß,
Ueber der Welt Regiment unzufrieden,
Von unserm Herrn zurecht beschieden.
Auch war bemalt der weite Raum
Ihres Kleids und Schlepps und auch der Saum
Mit Weltlich Tugend und Laster Geschicht.

Unser Meister dies all ersicht
Und freut sich dessen wundersam,
Denn es dient wohl in seinen Kram.
Von wannen er sich eignet sehr
Gut Exempel und gute Lehr,
Erzählt das alles für und treu,
Als wär er selbst gesyn dabei.
Sein Geist was ganz dahin gebannt,
Er hätt' kein Aug davon verwandt,
Hätt' er nicht hinter seinem Rucken
Hören mit Klappern und Schellen spuken.
Da thät er einen Narren spüren
Mit Bocks= und Affensprüngen hofieren
Und ihm mit Schwank und Narretheiden
Ein lustig Zwischenspiel bereiten.
Schleppt hinter sich an einer Leinen
Alle Narren, großen und kleinen,
Dick und hager, gestreckt und krumb,
Allzuwitzig und allzudumb.
Mit einem großen Farrenschwanz
Regiert er sie wie e'n Affentanz:
Bespottet eines jeden Fürm,
Treibt sie ins Bad, schneidt ihnen die Würm
Und führt gar bitter viel Beschwerden,
Daß ihr doch nie wöll'n minder werden.

Wie er sich sieht so um und um,
Kehrt ihm das fast den Kopf herum:

Wie er möcht' Worte zu allem finden?
Wie er möcht' so viel Schwall verbinden?
Wie er möcht' immer mutig bleiben,
Das all zu singen und zu schreiben?
Da steigt auf einer Wolke Saum
Herein zu's Oberfensters Raum
Die Muse, heilig anzuschaun,
Wie 'n Bild unsrer lieben Fraun.
Die umgibt ihn mit ihrer Klarheit
Immer kräftig würkender Wahrheit.
Sie spricht: „Ich komm, um dich zu weihn,
Nimm meinen Segen und Gedeihn!
Das heilig Feuer, das in dir ruht,
Schlag aus in hohe lichte Glut!
Doch daß das Leben, das dich treibt,
Immer bei holden Kräften bleibt,
Hab' ich deinem innern Wesen
Nahrung und Balsam auserlesen,
Daß deine Seel' sei wonnereich,
Einer Knospe im Taue gleich."

Da zeigt sie ihm hinter seinem Haus
Heimlich zur Hinterthür hinaus
In dem eng umzaunten Garten
Ein holdes Mägdlein sitzend warten
Am Bächlein, beim Hollunderstrauch;
Mit abgesenktem Haupt und Aug
Sitzt's unter einem Apfelbaum
Und spürt die Welt rings um sich kaum,
Hat Rosen in ihr'n Schoß gepflückt
Und bindet ein Kränzlein sehr geschickt,
Mit hellen Knospen und Blättern drein.
Für wen mag wohl das Kränzel sein?
So sitzt sie in sich selbst geneigt,
In Hoffnungsfüll' ihr Busen steigt;
Ihr Wesen ist so ahndevoll,
Weiß nicht, was sie sich wünschen soll,
Und unter vieler Grillen Lauf
Steigt wohl einmal ein Seufzer auf.

Warum ist deine Stirn so trüb?
Das, was dich dränget, süße Lieb,
Ist volle Wonn' und Seligkeit,
Die einem in dir ist bereit,
Der manches Schicksal wirrevoll
An deinem Aug sich lindern soll.

Der durch manch wunniglichen Kuß
Wiedergeboren werden muß.
Wie er den schlanken Leib umfaßt,
Von aller Müh er findet Rast;
Wie er ins runde Aermlein sinkt,
Neue Lebenstäg' und Kräfte trinkt.
Und dir kehrt süßes Jugendglück,
Deine Schalkheit kehrt dir zurück.
Mit Necken und manchen Schelmerein
Wirst ihn bald nagen, bald erfreun.
So wird die Liebe nimmer alt,
Und wird der Dichter nimmer kalt!

Weil er so heimlich glücklich lebt,
Da droben in den Wolken schwebt
Ein Eichenkranz, ewig jung belaubt,
Den jetzt die Nachwelt ihm aufs Haupt;
In Froschpfuhl all das Volk verbannt,
Das seinen Meister je verkannt.

Auf Miedings Tod.

Welch ein Getümmel füllt Thaliens Haus?
Welch ein geschäftig Volk eilt ein und aus?
Von hohlen Brettern tönt des Hammers Schlag,
Der Sonntag feiert nicht, die Nacht wird Tag.
Was die Erfindung still und zart ersann,
Beschäftigt laut den rohen Zimmermann.
Ich sehe Hauenschild gedankenvoll;
Ist's Türk', ist's Heide, den er kleiden soll?
Und Schumann froh, als wär' er schon bezahlt,
Weil er einmal mit ganzen Farben malt.
Ich sehe Thielens leicht bewegten Schritt,
Der lust'ger wird, je mehr er euch verschnitt,
Der thätige Elkan läuft mit manchem Rest,
Und diese Gärung deutet auf ein Fest.

Allein, wie viele hab' ich hererzählt
Und nenn' ihn nicht, den Mann, der nie gefehlt,
Der sinnreich schnell, mit schmerzbeladner Brust,
Den Lattenbau zu fügen wohl gewußt,
Das Brettgerüst, das, nicht von ihm belebt,
Wie ein Skelett an toten Drähten schwebt.

Wo ist er? sagt! — Ihm war die Kunst so lieb,
Daß Kolik nicht, nicht Husten ihn vertrieb.
„Er liegt so krank, so schlimm es nie noch war!"
Ach, Freunde! Weh! Ich fühle die Gefahr;
Hält Krankheit ihn zurück, so ist es Not;
Er ist nicht krank, nein, Kinder, er ist tot!

Wie? Mieding tot? erschallt bis unters Dach
Das hohle Haus, vom Echo kehrt ein Ach!
Die Arbeit stockt, die Hand wird jedem schwer,
Der Leim wird kalt, die Farbe fließt nicht mehr,
Ein jeder steht betäubt an seinem Ort,
Und nur der Mittwoch treibt die Arbeit fort.

Ja, Mieding tot! O, scharret sein Gebein
Nicht undankbar wie manchen andern ein!
Laßt seinen Sarg eröffnet, tretet her,
Klagt jedem Bürger, der gelebt wie er,
Und laßt am Rand des Grabes, wo wir stehn,
Die Schmerzen in Betrachtung übergehn.

O Weimar! dir fiel ein besonder Los!
Wie Bethlehem in Juda, klein und groß.
Bald wegen Geist und Witz beruft dich weit
Europens Mund, bald wegen Albernheit.
Der stille Weise schaut und sieht geschwind,
Wie zwei Extreme nah verschwistert sind.
Eröffne du, die du besondre Lust
Am Guten hast, der Rührung deine Brust!

Und du, o Muse, rufe weit und laut
Den Namen aus, der heut uns still erbaut!
Wie manchen, wert und unwert, hielt mit Glück
Die sanfte Hand von ew'ger Nacht zurück;
O, laß auch Miedings Namen nicht vergehn;
Laß ihn stets neu am Horizonte stehn!
Nenn' ihn der Welt, die, kriegrisch oder sein,
Dem Schicksal dient und glaubt ihr Herr zu sein,
Dem Rad der Zeit vergebens widersteht,
Verwirrt, beschäftigt und betäubt sich dreht;
Wo jeder, mit sich selbst genug geplagt,
So selten nach dem nächsten Nachbar fragt,
Doch gern im Geist nach fernen Zonen eilt
Und Glück und Uebel mit dem Fremden teilt.
Verkünde laut und sag' es überall:
Wo einer fiel, seh' jeder seinen Fall!

Du, Staatsmann, tritt herbei! Hier liegt der Mann,
Der, ſo wie du, ein ſchwer Geſchäft begann;
Mit Luſt zum Werke mehr, als zum Gewinn,
Schob er ein leicht Gerüſt mit leichtem Sinn,
Den Wunderbau, der äußerlich entzückt,
Indes der Zauberer ſich im Winkel drückt.
Er war's, der ſäumend manchen Tag verlor,
So ſehr ihn Autor und Akteur beſchwor;
Und dann zuletzt, wenn es zum Treffen ging,
Des Stückes Glück an ſchwache Fäden hing.

Wie oft trat nicht die Herrſchaft ſchon herein!
Es ward gepocht, die Symphonie fiel ein,
Daß er noch kletterte, die Stangen trug,
Die Seile zog und manchen Nagel ſchlug.
Oft glückt's ihm; kühn betrog er die Gefahr;
Doch auch ein Bock macht' ihm kein graues Haar.

Wer preiſt genug des Mannes kluge Hand,
Wenn er aus Draht elaſt'ſche Federn wand,
Vielfält'ge Pappen auf die Lättchen ſchlug,
Die Rolle fügte, die den Wagen trug,
Von Zindel, Blech, gefärbt Papier und Glas,
Dem Ausgang lächelnd, rings umgeben ſaß.
So treu dem unermüdlichen Beruf,
War Er's, der Held und Schäfer leicht erſchuf.
Was alles zarte, ſchöne Seelen rührt,
Ward treu von ihm, nachahmend, ausgeführt:
Des Raſens Grün, des Waſſers Silberfall,
Der Vögel Sang, des Donners lauter Knall,
Der Laube Schatten und des Mondes Licht —
Ja, ſelbſt ein Ungeheu'r erſchreckt' ihn nicht.

Wie die Natur manch widerwärt'ge Kraft
Verbindend zwingt und ſtreitend Körper ſchafft:
So zwang er jedes Handwerk, jeden Fleiß;
Des Dichters Welt entſtand auf ſein Geheiß;
Und, ſo verdient, gewährt die Muſe nur
Den Namen ihm — Direktor der Natur *).

Wer faßt nach ihm voll Kühnheit und Verſtand
Die vielen Zügel mit der einen Hand?

─────────

*) S. der Triumph der Empfindſamkeit, 2. Akt.

Hier, wo ſich jeder ſeines Weges treibt,
Wo ein Faktotum unentbehrlich bleibt,
Wo ſelbſt der Dichter heimlich voll Verdruß
Im Fall der Not die Lichter putzen muß.

O, ſorget nicht! Gar viele regt ſein Tod!
Sein Witz iſt nicht zu erben, doch ſein Brot;
Und, ungleich ihm, denkt mancher Ehrenmann:
Verdien' ich's nicht, wenn ich's nur eſſen kann.

Was ſtutzt ihr? Seht den ſchlecht verzierten Sarg,
Auch das Geſolg' ſcheint euch gering und karg;
Wie! ruft ihr, wer ſo künſtlich und ſo fein,
So wirkſam war, muß reich geſtorben ſein!
Warum verſagt man ihm den Trauerglanz,
Den äußern Anſtand letzter Ehre ganz?

Nicht ſo geſchwind! Das Glück macht alles gleich,
Den Faulen und den Thät'gen — Arm und Reich.
Zum Güterſammeln war er nicht der Mann;
Der Tag verzehrte, was der Tag gewann.
Bedauert ihn, der, ſchaffend bis ans Grab,
Was künſtlich war, und nicht, was Vorteil gab,
In Hoffnung täglich weniger erwarb,
Vertröſtet lebte und vertröſtet ſtarb.

Nun laßt die Glocken tönen, und zuletzt
Werd' er mit lauter Trauer beigeſetzt!
Wer iſt's, der ihm ein Lob zu Grabe bringt,
Eh noch die Erde rollt, das Chor verklingt?

Ihr Schweſtern, die ihr, bald auf Theſpis' Karr'n,
Geſchleppt von Eſeln und umſchrien von Narr'n,
Vor Hunger kaum, vor Schande nie bewahrt,
Von Dorf zu Dorf, euch feil zu bieten, fahrt;
Bald wieder, durch der Menſchen Gunſt beglückt
In Herrlichkeit der Welt die Welt entzückt;
Die Mädchen eurer Art ſind ſelten karg,
Kommt, gebt die ſchönſten Kränze dieſem Sarg;
Vereinet hier teilnehmend euer Leid,
Zahlt, was ihr Ihm, was ihr uns ſchuldig ſeid!
Als euern Tempel grauſe Glut verheert,
Wart ihr von uns drum weniger geehrt?
Wie viel Altäre ſtiegen vor euch auf!
Wie manches Rauchwerk brachte man euch drauf!
An wie viel Plätzen lag, vor euch gebückt,
Ein ſchwer befriedigt Publikum entzückt!

In engen Hütten und im reichen Saal,
Auf Höhen Ettersburgs, in Tiefurts Thal,
Im leichten Zelt, auf Teppichen der Pracht,
Und unter dem Gewölb der hohen Nacht,
Erscheint ihr, die ihr vielgestaltet seid,
Im Reitrock bald und bald im Galakleid.

Auch das Gefolg', das um euch sich ergießt,
Dem der Geschmack die Thüren ekel schließt,
Das leichte, tolle, scheckige Geschlecht,
Es kam zu Hauf, und immer kam es recht.

An weiße Wand bringt dort der Zauberstab
Ein Schattenvolk aus mytholog'schem Grab.
Im Possenspiel regt sich die alte Zeit,
Gutherzig, doch mit Ungezogenheit.
Was Gallier und Brite sich erdacht,
Ward, wohlverdeutscht, hier Deutschen vorgebracht;
Und oftmals liehen Wärme, Leben, Glanz
Dem armen Dialog — Gesang und Tanz.
Des Karnevals zerstreuter Flitterwelt
Ward sinnreich Spiel und Handlung zugesellt.
Dramatisch selbst erschienen hergesandt
Drei Könige aus fernem Morgenland;
Und sittiam bracht' auf reinlichem Altar
Dianens Priesterin ihr Opfer dar.
Nun ehrt uns auch in dieser Trauerzeit!
Gebt uns ein Zeichen! denn ihr seid nicht weit.

Ihr Freunde, Platz! Weicht einen kleinen Schritt!
Seht, wer da kommt und festlich näher tritt!
Sie ist es selbst; die Gute fehlt uns nie;
Wir sind erhört, die Musen senden sie.
Ihr kennt sie wohl; sie ist's, die stets gefällt;
Als eine Blume zeigt sie sich der Welt:
Zum Muster wuchs das schöne Bild empor,
Vollendet nun, sie ist's und stellt es vor.
Es gönnten ihr die Musen jede Gunst,
Und die Natur erschuf in ihr die Kunst.
So häuft sie willig jeden Reiz auf sich,
Und selbst dein Name ziert, Korona, dich.

Sie tritt herbei. Seht sie gefällig stehn,
Nur absichtslos, doch wie mit Absicht schön.
Und, hocherstaunt, seht ihr in ihr vereint
Ein Ideal, das Künstlern nur erscheint.

Anständig führt die leis erhobne Hand
Den schönsten Kranz, umknüpft von Trauerband.
Der Rose frohes, volles Angesicht,
Das treue Veilchen, der Narzisse Licht,
Vielfält'ger Nelken, eitler Tulpen Pracht,
Von Mädchenhand geschickt hervorgebracht,
Durchschlungen von der Myrte sanfter Zier,
Vereint die Kunst zum Trauerschmucke hier;
Und durch den schwarzen, leichtgeknüpften Flor
Sticht eine Lorbeerspitze still hervor.

Es schweigt das Volk. Mit Augen voller Glanz
Wirft sie ins Grab den wohlverdienten Kranz.
Sie öffnet ihren Mund, und lieblich fließt
Der weiche Ton, der sich uns Herz ergießt.
Sie spricht: Den Dank für das, was du gethan,
Geduldet, nimm, du Abgeschiedner, an!
Der Gute, wie der Böse, müht sich viel,
Und beide bleiben weit von ihrem Ziel.
Dir gab ein Gott in holder, steter Kraft
Zu deiner Kunst die ew'ge Leidenschaft.
Sie war's, die dich zur bösen Zeit erhielt,
Mit der du krank, als wie ein Kind, gespielt,
Die auf den blassen Mund ein Lächeln rief,
In deren Arm dein müdes Haupt entschlief!
Ein jeder, dem Natur ein Gleiches gab,
Besuche pilgernd dein bescheiden Grab!
Fest steh' dein Sarg in wohlgegönnter Ruh;
Mit locker Erde deck ihn leise zu,
Und sanfter, als des Lebens, liege dann
Auf dir des Grabes Bürde, guter Mann!

Poetische Gedanken

über die

Höllenfahrt Jesu Christi.

Auf Verlangen entworfen von J. W. G.

1765.

Welch ungewöhnliches Getümmel!
Ein Jauchzen tönet durch den Himmel,
Ein großes Heer zieht herrlich fort.
Gefolgt von tausend Millionen,

Steigt Gottes Sohn von Seinen Thronen
Und eilt an jenen finstern Ort.
Er eilt, umgeben von Gewittern,
Als Richter kommt Er und als Held;
Er geht, und alle Sterne zittern,
Die Sonne bebt, es bebt die Welt.

Ich seh' Ihn auf dem Siegeswagen,
Von Feuerrädern fortgetragen,
Den, der für uns am Kreuze starb.
Er zeigt den Sieg auch jenen Fernen,
Weit von der Welt, weit von den Sternen,
Den Sieg, den Er für uns erwarb.
Er kommt, die Hölle zu zerstören,
Die schon Sein Tod darnieder schlug:
Sie soll von Ihm ihr Urteil hören:
Hört! jetzt erfüllet sich der Fluch.

Die Hölle sieht den Sieger kommen,
Sie fühlt sich ihre Macht genommen,
Sie bebt und scheut Sein Angesicht;
Sie kennet Seines Donners Schrecken,
Sie sucht umsonst, sich zu verstecken,
Sie sucht zu fliehn und kann es nicht:
Sie eilt vergebens, sich zu retten
Und sich dem Richter zu entziehn,
Der Zorn des Herrn, gleich ehrnen Ketten,
Hält ihren Fuß, sie kann nicht fliehn.

Hier lieget der zertretne Drache,
Er liegt und fühlt des Höchsten Rache,
Er fühlet sie und knirscht vor Wut;
Er fühlt der ganzen Hölle Qualen,
Er ächzt und heult bei tausend Malen:
Vernichte mich, o heiße Glut!
Da liegt er in dem Flammen-Meere,
Ihn foltern ewig Angst und Pein;
Er flucht, daß ihn die Qual verzehre,
Und hört, die Qual soll ewig sein.

Auch hier sind jene großen Scharen,
Die mit ihm gleichen Lasters waren,
Doch lange nicht so bös als er.
Hier liegt die ungezählte Menge
In schwarzem, schrecklichem Gedränge,
Im Feuer-Orkan um ihn her;

Er sieht, wie sie den Richter scheuen
Er sieht, wie sie der Sturm zerreißt,
Er sieht's und kann sich doch nicht freuen,
Weil seine Pein noch größer ist.

Des Menschen Sohn steigt im Triumphe
Hinab zum schwarzen Höllensumpfe
Und zeigt dort Seine Herrlichkeit.
Die Hölle kann den Glanz nicht tragen,
Seit ihren ersten Schöpfungstagen
Beherrschte sie die Dunkelheit.
Sie lag entfernt von allem Lichte,
Erfüllt von Qual im Chaos hier;
Den Strahl von Seinem Angesichte
Verwandte Gott auf stets von ihr.

Jetzt siehet sie in ihren Grenzen
Die Herrlichkeit des Sohnes glänzen,
Die fürchterliche Majestät!
Sie sieht mit Donnern Ihn umgeben,
Sie sieht, daß alle Felsen beben,
Wie Gott im Grimme vor ihr steht.
Sie sieht's, Er kommet, sie zu richten,
Sie fühlt den Schmerzen, der sie plagt,
Sie wünscht umsonst, sich zu vernichten,
Auch dieser Trost bleibt ihr versagt.

Nun denkt sie an ihr altes Glücke,
Voll Pein an jene Zeit zurücke,
Da dieser Glanz ihr Lust gebar,
Da noch ihr Herz im Stand der Tugend,
Ihr froher Geist in frischer Jugend
Und stets voll neuer Wonne war.
Sie denkt mit Wut an ihr Verbrechen,
Wie sie die Menschen kühn betrog;
Sie dachte sich an Gott zu rächen,
Jetzt fühlt sie, was es nach sich zog.

Gott ward ein Mensch, Er kam auf Erden.
Auch Dieser soll mein Opfer werden,
Sprach Satanas und freute sich.
Er suchte Christum zu verderben,
Der Welten Schöpfer sollte sterben;
Doch weh dir, Satan, ewiglich!

Du glaubtest, Ihn zu überwinden,
Du freutest dich bei Seiner Not;
Doch siegreich kommt Er, dich zu binden:
Wo ist dein Stachel hin, o Tod?

Sprich, Hölle! sprich, wo ist dein Siegen,
Sieh nur, wie deine Mächte liegen;
Erkennst du bald des Höchsten Macht?
Sieh, Satan! sieh dein Reich zerstöret.
Von tausendfacher Qual beschweret,
Liegst du in ewig finstrer Nacht.
Da liegst du, wie vom Blitz getroffen,
Kein Schein vom Glück erfreuet dich.
Es ist umsonst! Du darfst nichts hoffen,
Messias starb allein für mich!

Es steigt ein Heulen durch die Lüfte,
Schnell wanken jene schwarzen Grüfte,
Als Christus Sich der Hölle zeigt.
Sie knirscht aus Wut; doch ihrem Wüten
Kann unser großer Held gebieten;
Er winkt — die ganze Hölle schweigt.
Der Donner rollt vor Seiner Stimme,
Die hohe Siegesfahne weht;
Selbst Engel zittern vor dem Grimme,
Wenn Christus zum Gerichte geht.

Jetzt spricht Er; Donner ist Sein Sprechen,
Er spricht, und alle Felsen brechen,
Sein Atem ist dem Feuer gleich.
So spricht Er: Zittert, ihr Verruchte!
Der, der in Eden euch verfluchte,
Kommt und zerstöret euer Reich.
Seht auf! Ihr waret Meine Kinder,
Ihr habt euch wider Mich empört,
Ihr fielt und wurdet freche Sünder,
Ihr habt den Lohn, der euch gehört.

Ihr wurdet Meine größten Feinde,
Verführtet Meine liebsten Freunde,
Die Menschen fielen so wie ihr.
Ihr wolltet ewig sie verderben,
Des Todes sollten alle sterben;
Doch, heulet! Ich erwarb sie Mir.

Für sie bin Ich herabgegangen,
Ich litt, Ich bat, Ich starb für sie.
Ihr sollt nicht euren Zweck erlangen;
Wer an Mich glaubt, der stirbet nie.

Hier lieget ihr in ew'gen Ketten,
Nichts kann euch aus dem Pfuhl erretten,
Nicht Reue, nicht Verwegenheit.
Da liegt, krümmt euch in Schwefelflammen,
Ihr eiltet, euch selbst zu verdammen,
Da liegt und klagt in Ewigkeit!
Auch ihr, so Ich Mir auserkoren,
Auch ihr verscherztet Meine Huld!
Auch ihr seid ewiglich verloren,
Ihr murret? Gebt Mir keine Schuld.

Ihr solltet ewig mit Mir leben,
Euch ward hierzu Mein Wort gegeben,
Ihr sündigtet und folgtet nicht.
Ihr lebtet in dem Sündenschlafe;
Nun quält euch die gerechte Strafe,
Ihr fühlt Mein schreckliches Gericht.
So sprach Er, und ein furchtbar Wetter
Geht von Ihm aus, die Blitze glühn,
Der Donner faßt die Uebertreter
Und stürzt sie in den Abgrund hin.

Der Gott=Mensch schließt der Höllen Pforten.
Er schwingt Sich aus den dunklen Orten
In Seine Herrlichkeit zurück.
Er sitzet an des Vaters Seiten,
Er will noch immer für uns streiten,
Er will's! O Freunde, welches Glück!
Der Engel feierliche Chöre,
Die jauchzen vor dem großen Gott,
Daß es die ganze Schöpfung höre:
Groß ist der Herr, Gott Zebaoth!

Der ewige Jude.
Fragmentarisch.

Des ewigen Juden erster Fetzen.

Um Mitternacht wohl fang' ich an,
Spring' aus dem Bette wie ein Toller;
Nie war mein Busen seelevoller,
Zu singen den gereisten Mann,

Der Wunder ohne Zahl gesehn,
Die, trutz der Lästrer Kinderspotte,
In unserm unbegriffnen Gotte
Per omnia tempora in einem Punkt geschehn.
Und hab' ich gleich die Gabe nicht
Von wohlgeschliffnen leichten Reimen,
So darf ich doch mich nicht versäumen;
Denn es ist Drang, und so ist's Pflicht.
Und wie ich dich, geliebter Leser, kenne —
Den ich von Herzen Bruder nenne —
Willst gern vom Fleck und bist so faul,
Nimmst wohl auch einen Ludergaul,
Und ich, mir fehlt zu Nacht der Kiel,
Ergreif' wohl einen Besenstiel.
Drum hör' es denn, wenn dir's beliebt,
So kauderwelsch, wie mir der Geist es gibt.

In Judäa, dem heiligen Land,
War einst ein Schuster, wohlbekannt
Wegen seiner Herz = Frömmigkeit
Zur gar verdorbnen Kirchenzeit,
War halb Essener, halb Methodist,
Herrnhuter, mehr Separatist;
Denn er hielt viel auf Kreuz und Qual,
Genug, er war Original,
Und aus Originalität
Er andern Narren gleichen that.

Die Priester vor so vielen Jahren
Waren, als wie sie immer waren
Und wie ein jeder wird zuletzt,
Wenn man ihn hat in ein Amt gesetzt.
War er vorher wie ein' Ameis krabblig
Und wie ein Schlänglein schnell und zapplig,
Wird er hernach in Mantel und Kragen
In seinem Sessel sich wohlbehagen.
Und ich schwöre bei meinem Leben!
Hätte man Sankt Paulen ein Bistum geben:
Voltrer wär' worden ein fauler Bauch,
Wie caeteri confratres auch.

Der Schuster aber und seinesgleichen
Verlangten täglich Wunder und Zeichen,
Daß einer pred'gen sollt' für Geld,
Als hätt' der Geist ihn hingestellt.

Nickten die Köpfe sehr bedenklich
Ueber die Tochter Zion kränklich,
Daß, ach! auf Kanzel und Altar
Kein Moses und kein Aaron war,
Daß es dem Gottesdienste ging,
Als wär's ein Ding, wie ein ander Ding,
Das einmal nach dem Lauf der Welt
Im Alter dürr zusammenfällt.
„O weh der großen Babylon!
Herr, tilge sie von deiner Erden,
Laß sie im Pfuhl gebraten werden,
Und, Herr, dann gib uns ihren Thron!"
So sang das Häuflein, kroch zusammen,
Teilten so Geistes= als Liebesflammen,
Gafften und langweilten nun,
Hätten das auch können im Tempel thun.
Aber das Schöne war dabei,
Es kam an jeden auch die Reih',
Und wie sein Bruder welscht' und sprach,
Durft' er auch welschen eins hernach;
Denn in der Kirche spricht erst und letzt
Der, den man hat hinaufgesetzt,
Und gläubigt euch und thut so groß
Und schließt euch an und macht euch los
Und ist ein Sünder wie andre Leut',
Ach! und nicht einmal so gescheit!

––––––

Der größte Mensch bleibt stets ein Menschenkind,
Die größten Köpfe sind das nur, was andre sind,
Allein, das merkt, sie sind es umgekehrt:
Sie wollen nicht mit andern Erdentröpfen
Auf ihren Füßen gehn, sie gehn auf ihren Köpfen,
Verachten, was ein jeder ehrt;
Und was gemeinen Sinn empört,
Das ehren unbefangne Weisen;
Doch brachten sie's nicht allzuweit:
Ihr non plus ultra jeder Zeit
War: Gott zu lästern und den Dreck zu preisen.

––––––

Behalten auch zu unsern Zeiten
Die Gabe, Geister zu unterscheiden:
Kap und Champagner und Burgunder
Von Hoch= nach Rüdesheim hinunter.

––––––

Die Prieſter ſchrieen weit und breit:
Es iſt, es kommt die letzte Zeit,
Bekehr' dich, ſündiges Geſchlecht!
Der Jude ſprach: Mir iſt's nicht bang,
Ich hör' vom jüngſten Tag ſo lang.

Es waren, die den Vater auch gekannt.
Wo ſind ſie denn? Eh! man hat ſie verbrannt.

O Freund, der Menſch iſt nur ein Thor,
Stellt er ſich Gott als ſeinesgleichen vor.

Der Vater ſaß auf ſeinem Thron,
Da rief er ſeinen lieben Sohn,
Mußt' zwei= bis dreimal ſchreien.
Da kam der Sohn ganz überquer
Geſtolpert über Sterne her
Und fragt: was zu befehlen?
Der Vater frägt ihn, wo er ſtick —
„Ich war im Stern, der dorten blickt,
Und half dort einem Weibe
Vom Kind in ihrem Leibe.‟
Der Vater war ganz aufgebracht
Und ſprach: Das haſt du dumm gemacht,
Sieh einmal auf die Erde.
Es iſt wohl ſchön und alles gut,
Du haſt ein menſchenfreundlich Blut
Und hilfſt Bedrängten gerne;

– – – – – –

Du fühlſt nicht, wie es mir durch Mark und Seele geht,
Wenn ein geängſtet Herz bei mir um Rettung fleht,
Wenn ich den Sünder ſeh' mit glühenden Thränen …

Als er ſich nun hernieder ſchwung
Und näher die weite Erde ſah
Und Meer und Länder weit und nah:
Ergriff ihn die Erinnerung,
Die er ſo lange nicht gefühlt,
Wie man da drunten ihm mitgeſpielt.

Er auf dem Berge stille hält,
Auf den in seiner ersten Zeit
Freund Satanas ihn aufgestellt
Und ihm gezeigt die volle Welt
Mit aller ihrer Herrlichkeit.

Wie man zu einem Mädchen fliegt,
Das lang an unserm Blute sog
Und endlich treulos uns betrog:
Er fühlt in vollem Himmelsflug
Der irdischen Atmosphäre Zug,
Fühlt, wie das reinste Glück der Welt
Schon eine Ahnung von Weh enthält.
Er denkt an jenen Augenblick,
Da er den letzten Todesblick
Vom Schmerzen=Hügel herabgethan,
Fing vor sich hin zu reden an:
Sei, Erde, tausendmal gegrüßt!
Gesegnet all, ihr meine Brüder!
Zum erstenmal mein Herz ergießt
Sich nach dreitausend Jahren wieder,
Und wonnevolle Zähre fließt
Von meinem trüben Auge nieder.
O mein Geschlecht, wie sehn' ich mich nach dir!
Und du, mit Herz= und Liebesarmen
Flehst du aus tiefem Drang zu mir!
Ich komm', ich will mich dein erbarmen!
O Welt! voll wunderbarer Wirrung,
Voll Geist der Ordnung, träger Irrung,
Du Kettenring von Wonn' und Wehe,
Du Mutter, die mich selbst zum Grab gebar,
Die ich, obgleich ich bei der Schöpfung war,
Im ganzen doch nicht sonderlich verstehe.
Die Dumpfheit deines Sinns, in der du schwebtest,
Daraus du dich nach meinem Tage drangst,
Die schlangenknotige Begier, in der du bebtest,
Von ihr dich zu befreien strebtest
Und dann, befreit, dich wieder neu umschlangst:
Das rief mich her aus meinem Sternensaal,
Das läßt mich nicht an Gottes Busen ruhn;
Ich komme nun zu dir zum zweitenmal,
Ich säte dann, und ernten will ich nun.
Er sieht begierig rings sich um,
Sein Auge scheint ihn zu betrügen:

Ihm scheint die Welt noch um und um
In jener Sauce da zu liegen,
Wie sie an jener Stunde lag,
Da sie bei hellem lichtem Tag
Der Geist der Finsterniß, der Herr der alten Welt,
Im Sonnenschein ihm glänzend dargestellt
Und angemaßt sich ohne Scheu,
Daß er hier Herr im Hause sei.

Wo, rief der Heiland, ist das Licht,
Das hell von meinem Wort entbronnen!
Weh! und ich seh' den Faden nicht,
Den ich so rein vom Himmel 'rab gesponnen.
Wo haben sich die Zeugen hingewandt,
Die treu aus meinem Blut entsprungen!
Und, ach, wohin der Geist, den ich gesandt!
Sein Wehn, ich fühl's, ist all verklungen.
Schleicht nicht mit ew'gem Hungersinn,
Mit halbgekrümmten Klauenhänden,
Verfluchten eingedorrten Lenden
Der Geiz nach tückischem Gewinn,
Mißbraucht die sorgenlose Freude
Des Nachbars auf der reichen Flur
Und hemmt in dürrem Eingeweide
Das liebe Leben der Natur?
Verschließt der Fürst mit seinen Sklaven
Sich nicht in jenes Marmorhaus
Und brütet seinen irren Schafen
Die Wölfe selbst im Busen aus?
Ihm wird zu grillenhafter Stillung
Der Menschen Mark herbeigerafft;
Er speist in ekelhafter Ueberfüllung
Von Tausenden die Nahrungskraft.
In meinem Namen weiht dem Bauche
Ein Armer seiner Kinder Brot;
Mich schmäht auf diesem faulen Schlauche
Das goldne Zeichen meiner Not.

Er war nunmehr der Länder satt.
Wo man so viele Kreuze hat
Und man, für lauter Kreuz und Christ,
Ihn eben und sein Kreuz vergißt.

Er trat in ein benachbart Land,
Wo er sich nur als Kirchsahn' fand,
Man aber sonst nicht merkte sehr.
Als ob ein Gott im Lande wär'.
Wie man ihm denn auch bald beteuert,
Aller Sauerteig sei hier ausgescheuert:
Besorgt' er, daß das Brot so lieb
Wie ein Maßkuchen sitzen blieb.
Davon sprach ihm ein geistlich Schaf,
Das er auf hohem Wege traf,
Das eine maßige Frau im Bett,
Viel Kinder und viel Zehnten hätt,
Der also Gott ließ im Himmel ruhn
Und sich auch was zu gute thun.
Unser Herr fühlt' ihm auf den Zahn,
Fing etlich'mal von Christo an:
Da war der ganze Mensch Respekt,
Hätte fast nie das Haupt bedeckt;
Aber der Herr sah ziemlich klar,
Daß er drum nicht im Herzen war,
Daß er dem Mann im Hirne stand,
Als wie ein Holzschnitt an der Wand.
Sie waren bald der Stadt so nah,
Daß man die Türne klärlich sah.
Ach, sprach mein Mann, hier ist der Ort,
Aller Wünsche sichrer Friedensport;
Hier ist des Landes Mittelthron;
Gerechtigkeit und Religion
Spedieren, wie der Selzerbrunn,
Petschiert, ihren Einfluß rings herum.

Sie kamen immer näher an,
Sah immer der Herr nichts Seinigs dran.
Sein innres Zutraun war gering,
Als wie er einst zum Feigbaum ging,
Wollt' aber doch eben weiter gehn
Und ihm recht unter die Aeste sehn.
So kamen sie denn unters Thor.
Christus kam ihnen ein Fremdling vor,
Hätt ein edel Gesicht und einfach Kleid.
Sprachen: der Mann kommt gar wohl weit.
Fragt ihn der Schreiber, wie er hieß?
Er gar demütig die Worte ließ:
„Kinder, ich bin des Menschen Sohn,"
Und ganz gelassen ging davon.

Seine Worte hatten von jeher Kraft,
Der Schreiber ſtande wie vergafft,
Der Wache war, ſie wußt' nicht, wie;
Fragt keiner: was bedienen Sie?
Er ging grad durch und war vorbei.
Da fragten ſie ſich überlei,
Als in Rapport ſie's wollten tragen:
Was thät der Mann Kurioſes ſagen?
Sprach er wohl unſrer Naſe Hohn?
Er ſagt': er wär' des Menſchen Sohn!
Sie dachten lang, doch auf einmal
Sprach ein branntwein'ger Korporal:
Was mögt ihr euch den Kopf zerreißen,
Sein Vater hat wohl Menſch geheißen!

Chriſt ſprach zu ſeinem G'leiter dann:
„So führet mich zum Gottesmann,
Den Ihr als einen ſolchen kennt
Und ihn Herr Oberpfarrer nennt."
Dem Herren Pfaff das krabbeln thät,
War ſelber nicht ſo hoch am Brett;
Hätt ſo viel Häut' ums Herze ring,
Daß er nicht ſpürt', mit wem er ging,
Auch nicht einmal einer Erbſe groß;
Doch war er gar nicht liebelos
Und dacht': kömmt alles rings herum,
Verlangt er ein Viaticum.

Kamen aus Oberpfarrers Haus,
Stand von uralters noch im ganzen.
Reformation hätt ihren Schmaus
Und nahm dem Pfaffen Hof und Haus,
Um wieder Pfaffen 'nein zu pflanzen,
Die nur in allem Grund der Sachen
Mehr ſchwätzen, weniger Grimaſſen machen.
Sie klopften an, ſie ſchellten an,
Weiß nicht beſtimmt, was ſie gethan.
Genug, die Köchin kam hervor,
Aus der Schürz' ein Krauthaupt verlor
Und ſprach: Der Herr iſt im Konvent,
Ihr heut nicht mit ihm ſprechen könnt.
„Wo iſt denn das Konvent?" ſprach Chriſt.
Was hilft es Euch, wenn Ihr's auch wißt!
Verſetzt' die Köchin porriſch drauf,
Dahin geht nicht eines jeden Lauf.

„Möcht's doch gern wiſſen!" thät er fragen.
Sie hätt nicht Herz, es zu verſagen,
Wie er den Weg zur Weiblein Bruſt
Von alten Zeiten wohl noch wußt'.
Sie zeigt's ihm an, und er thät gehn,
Wie ihr's bald weiter werdet ſehn.

Die Geheimniſſe.

Ein Fragment.

Ein wunderbares Lied iſt euch bereitet;
Vernehmt es gern und jeden ruft herbei!
Durch Berg' und Thäler iſt der Weg geleitet;
Hier iſt der Blick beſchränkt, dort wieder frei,
Und wenn der Pfad ſacht in die Büſche gleitet,
So denket nicht, daß es ein Irrtum ſei;
Wir wollen doch, wenn wir genug gekommen,
Zur rechten Zeit dem Ziele näher kommen.

Doch glaube keiner, daß mit allem Sinnen
Das ganze Lied er je enträtſeln werde:
Gar viele müſſen vieles hier gewinnen,
Gar manche Blüten bringt die Mutter Erde;
Der eine flieht mit düſterm Blick von hinnen,
Der andre weilt mit fröhlicher Gebärde:
Ein jeder ſoll nach ſeiner Luſt genießen,
Für manchen Wandrer ſoll die Quelle fließen.

Ermüdet von des Tages langer Reiſe,
Die auf erhabnen Antrieb er gethan,
An einem Stab nach frommer Wandrer Weiſe
Kam Bruder Markus, außer Steg und Bahn,
Verlangend nach geringem Trank und Speiſe,
In einem Thal am ſchönen Abend an,
Voll Hoffnung, in den waldbewachſnen Gründen
Ein gaſtfrei Dach für dieſe Nacht zu finden.

Am ſteilen Berge, der nun vor ihm ſtehet,
Glaubt er die Spuren eines Wegs zu ſehn.
Er folgt dem Pfade, der in Krümmen gehet,
Und muß ſich ſteigend um die Felſen drehn;

Bald sieht er sich hoch übers Thal erhöhet,
Die Sonne scheint ihm wieder freundlich schön.
Und bald sieht er mit innigem Vergnügen
Den Gipfel nah vor seinen Augen liegen,

Und neben hin die Sonne, die im Reigen
Noch prachtvoll zwischen dunkeln Wolken thront;
Er sammelt Kraft, die Höhe zu ersteigen,
Dort hofft er seine Mühe bald belohnt.
Nun, spricht er zu sich selbst, nun muß sich zeigen,
Ob etwas Menschlichs in der Nähe wohnt!
Er steigt und horcht und ist wie neu geboren:
Ein Glockenklang erschallt in seinen Ohren.

Und wie er nun den Gipfel ganz erstiegen,
Sieht er ein nahes, sanft geschwungnes Thal.
Sein stilles Auge leuchtet von Vergnügen;
Denn vor dem Walde sieht er auf einmal
In grüner Au ein schön Gebäude liegen,
Soeben trifft's der letzte Sonnenstrahl;
Er eilt durch Wiesen, die der Tau befeuchtet,
Dem Kloster zu, das ihm entgegen leuchtet.

Schon sieht er dicht sich vor dem stillen Orte,
Der seinen Geist mit Ruh und Hoffnung füllt,
Und auf dem Bogen der geschloßnen Pforte
Erblickt er ein geheimnisvolles Bild.
Er steht und sinnt und lispelt leise Worte
Der Andacht, die in seinem Herzen quillt;
Er steht und sinnt: was hat das zu bedeuten?
Die Sonne sinkt, und es verklingt das Läuten.

Das Zeichen sieht er prächtig aufgerichtet,
Das aller Welt zu Trost und Hoffnung steht,
Zu dem viel tausend Geister sich verpflichtet,
Zu dem viel tausend Herzen warm gefleht,
Das die Gewalt des bittern Tods vernichtet,
Das in so mancher Siegesfahne weht:
Ein Labequell durchdringt die matten Glieder,
Er sieht das Kreuz und schlägt die Augen nieder.

Er fühlet neu, was dort für Heil entsprungen,
Den Glauben fühlt er einer halben Welt;
Doch von ganz neuem Sinn wird er durchdrungen,
• Wie sich das Bild ihm hier vor Augen stellt:

Es steht das Kreuz mit Rosen dicht umschlungen.
Wer hat dem Kreuze Rosen zugesellt?
Es schwillt der Kranz, um recht von allen Seiten
Das schroffe Holz mit Weichheit zu begleiten.

Und leichte Silber-Himmelswolken schweben,
Mit Kreuz und Rosen sich empor zu schwingen,
Und aus der Mitte quillt ein heilig Leben
Dreifacher Strahlen, die aus einem Punkte bringen;
Von keinen Worten ist das Bild umgeben,
Die dem Geheimnis Sinn und Klarheit bringen.
Im Dämmerschein, der immer tiefer grauet,
Steht er und sinnt und fühlet sich erbauet.

Er klopft zuletzt, als schon die hohen Sterne
Ihr helles Auge zu ihm nieder wenden.
Das Thor geht auf, und man empfängt ihn gerne
Mit offnen Armen, mit bereiten Händen.
Er sagt, woher er sei, von welcher Ferne
Ihn die Befehle höhrer Wesen senden.
Man horcht und staunt. Wie man den Unbekannten
Als Gast geehrt, ehrt man nun den Gesandten.

Ein jeder drängt sich zu, um auch zu hören,
Und ist bewegt von heimlicher Gewalt,
Kein Odem wagt den seltnen Gast zu stören,
Da jedes Wort im Herzen widerhallt.
Was er erzählet, wirkt wie tiefe Lehren
Der Weisheit, die von Kinderlippen schallt:
An Offenheit, an Unschuld der Gebärde
Scheint er ein Mensch von einer andern Erde.

Willkommen, ruft zuletzt ein Greis, willkommen!
Wenn deine Sendung Trost und Hoffnung trägt!
Du siehst uns an; wir alle stehn beklommen,
Obgleich dein Anblick unsre Seele regt:
Das schönste Glück, ach! wird uns weggenommen,
Von Sorgen sind wir und von Furcht bewegt.
Zur wicht'gen Stunde nehmen unsre Mauern
Dich Fremden auf, um auch mit uns zu trauern.

Denn, ach! der Mann, der alle hier verbündet,
Den wir als Vater, Freund und Führer kennen,
Der Licht und Mut dem Leben angezündet,
In wenig Zeit wird er sich von uns trennen,

Er hat es erst vor kurzem selbst verkündet;
Doch will er weder Art noch Stunde nennen.
Und so ist uns sein ganz gewisses Scheiden
Geheimnisvoll und voller bittrer Leiden.

Du siehest alle hier mit grauen Haaren,
Wie die Natur uns selbst zur Ruhe wies:
Wir nahmen keinen auf, den, jung an Jahren,
Sein Herz zu früh der Welt entsagen hieß.
Nachdem wir Lebens=Lust und =Last erfahren,
Der Wind nicht mehr in unsre Segel blies,
War uns erlaubt, mit Ehren hier zu landen,
Getrost, daß wir den sichern Hafen fanden.

Dem edlen Manne, der uns hergeleitet,
Wohnt Friede Gottes in der Brust;
Ich hab' ihn auf des Lebens Pfad begleitet
Und bin mir alter Zeiten wohl bewußt;
Die Stunden, da er einsam sich bereitet,
Verkünden uns den nahenden Verlust.
Was ist der Mensch, warum kann er sein Leben
Umsonst, und nicht für einen Bessern geben?

Dies wäre nun mein einziges Verlangen!
Warum muß ich des Wunsches mich entschlagen?
Wie viele sind schon vor mir hingegangen!
Nur ihn muß ich am bittersten beklagen.
Wie hätt' er sonst so freundlich dich empfangen!
Allein er hat das Haus uns übertragen;
Zwar keinen noch zum Folger sich ernennet,
Doch lebt er schon im Geist von uns getrennet;

Und kommt nur täglich eine kleine Stunde,
Erzählet und ist mehr als sonst gerührt:
Wir hören dann aus seinem eignen Munde,
Wie wunderbar die Vorsicht ihn geführt;
Wir merken auf, damit die sichre Kunde
Im kleinsten auch die Nachwelt nicht verliert;
Auch sorgen wir, daß einer fleißig schreibe
Und sein Gedächtnis rein und wahrhaft bleibe.

Zwar vieles wollt' ich lieber selbst erzählen,
Als ich jetzt nur zu hören stille bin;
Der kleinste Umstand sollte mir nicht fehlen,
Noch hab' ich alles lebhaft in dem Sinn;

Ich höre zu und kann es kaum verhehlen,
Daß ich nicht stets damit zufrieden bin:
Sprech' ich einmal von allen diesen Dingen,
Sie sollen prächtiger aus meinem Munde klingen.

Als dritter Mann erzählt' ich mehr und freier,
Wie ihn ein Geist der Mutter früh verhieß,
Und wie ein Stern bei seiner Taufe Feier
Sich glänzender am Abendhimmel wies,
Und wie mit weiten Fittichen ein Geier
Im Hofe sich bei Tauben niederließ,
Nicht grimmigstoßend und, wie sonst, zu schaden,
Er schien sie sanft zur Einigkeit zu laden.

Dann hat er uns bescheidentlich verschwiegen,
Wie er als Kind die Otter überwand,
Die er um seiner Schwester Arm sich schmiegen,
Um die entschlafne festgewunden fand.
Die Amme floh und ließ den Säugling liegen,
Er drosselte den Wurm mit sichrer Hand;
Die Mutter kam und sah mit Freudebeben
Des Sohnes Thaten und der Tochter Leben.

Und so verschwieg er auch, daß eine Quelle
Vor seinem Schwert aus trocknem Felsen sprang,
Stark wie ein Bach, sich mit bewegter Welle
Den Berg hinab bis in die Tiefe schlang;
Noch quillt sie fort so rasch, so silberhelle,
Als sie zuerst sich ihm entgegen drang,
Und die Gefährten, die das Wunder schauten,
Den heißen Durst zu stillen kaum getrauten.

Wenn einen Menschen die Natur erhoben,
Ist es kein Wunder, wenn ihm viel gelingt;
Man muß in ihm die Macht des Schöpfers loben,
Der schwachen Thon zu solcher Ehre bringt;
Doch wenn ein Mann von allen Lebensproben
Die sauerste besteht, sich selbst bezwingt,
Dann kann man ihn mit Freuden andern zeigen
Und sagen: Das ist er, das ist sein eigen!

Denn alle Kraft bringt vorwärts in die Weite,
Zu leben und zu wirken hier und dort;
Dagegen engt und hemmt von jeder Seite
Der Strom der Welt und reißt uns mit sich fort;

In diesem innern Sturm und äußern Streite
Vernimmt der Geist ein schwer verstanden Wort:
Von der Gewalt, die alle Wesen bindet,
Befreit der Mensch sich, der sich überwindet.

Wie frühe war es, daß sein Herz ihn lehrte,
Was ich bei ihm kaum Tugend nennen darf:
Daß er des Vaters strenges Wort verehrte
Und willig war, wenn jener rauh und scharf
Der Jugend freie Zeit mit Dienst beschwerte,
Dem sich der Sohn mit Freuden unterwarf,
Wie, elternlos und irrend, wohl ein Knabe
Aus Not es thut um eine kleine Gabe!

Die Streiter mußt' er in das Feld begleiten,
Zuerst zu Fuß, bei Sturm und Sonnenschein,
Die Pferde warten und den Tisch bereiten
Und jedem alten Krieger dienstbar sein.
Gern und geschwind lief er zu allen Zeiten
Bei Tag und Nacht als Bote durch den Hain;
Und so gewohnt, für andre nur zu leben,
Schien Mühe nur ihm Fröhlichkeit zu geben.

Wie er im Streit mit kühnem, muntrem Wesen
Die Pfeile las, die er am Boden fand,
Eilt' er hernach, die Kräuter selbst zu lesen,
Mit denen er Verwundete verband;
Was er berührte, mußte gleich genesen,
Es freute sich der Kranke seiner Hand;
Wer wollt' ihn nicht mit Fröhlichkeit betrachten!
Und nur der Vater schien nicht sein zu achten.

Leicht, wie ein segelnd Schiff, das keine Schwere
Der Ladung fühlt und eilt von Port zu Port,
Trug er die Last der elterlichen Lehre:
Gehorsam war ihr erst- und letztes Wort;
Und wie den Knaben Lust, den Jüngling Ehre,
So zog ihn nur der fremde Wille fort.
Der Vater sann umsonst auf neue Proben,
Und wenn er fordern wollte, mußt' er loben.

Zuletzt gab sich auch dieser überwunden,
Bekannte thätig seines Sohnes Wert!
Die Rauhigkeit des Alten war verschwunden,
Er schenkt' auf einmal ihm ein köstlich Pferd;

Der Jüngling ward vom kleinen Dienst entbunden,
Er führte statt des kurzen Dolchs ein Schwert.
Und so trat er geprüft in einen Orden,
Zu dem er durch Geburt berechtigt worden.

So könnt' ich dir noch tagelang berichten,
Was jeden Hörer in Erstaunen setzt;
Sein Leben wird den köstlichsten Geschichten
(Gewiß dereinst von Enkeln gleich gesetzt;
Was dem Gemüt in Fabeln und Gedichten
Unglaublich scheint und es doch hoch ergötzt,
Vernimmt es hier und mag sich gern bequemen,
Zwiefach erfreut, für wahr es anzunehmen.

Und fragst du mich, wie der Erwählte heiße,
Den sich das Aug' der Vorsicht ausersah,
Den ich zwar oft, doch nie genugsam preise,
An dem so viel Unglaubliches geschah?
Humanus heißt der Heilige, der Weise,
Der beste Mann, den ich mit Augen sah;
Und sein Geschlecht, wie es die Fürsten nennen,
Sollst du zugleich mit seinen Ahnen kennen.

Der Alte sprach's und hätte mehr gesprochen,
Denn er war ganz der Wunderdinge voll,
Und wir ergötzen uns noch manche Wochen
An allem, was er uns erzählen soll;
Doch eben ward sein Reden unterbrochen,
Als gegen seinen Gast das Herz am stärksten quoll.
Die andern Brüder gingen bald und kamen,
Bis sie das Wort ihm aus dem Munde nahmen.

Und da nun Markus nach genoßnem Mahle
Dem Herrn und seinen Wirten sich geneigt,
Erbat er sich noch eine reine Schale
Voll Wasser, und auch die ward ihm gereicht.
Dann führten sie ihn zu dem großen Saale,
Worin sich ihm ein seltner Anblick zeigt.
Was er dort sah, soll nicht verborgen bleiben,
Ich will es euch gewissenhaft beschreiben.

Kein Schmuck war hier, die Augen zu verblenden,
Ein kühnes Kreuzgewölbe stieg empor,
Und dreizehn Stühle sah er an den Wänden
Umher geordnet, wie im frommen Chor,

Gar zierlich ausgeschnitzt von klugen Händen;
Es stand ein kleiner Pult an jedem vor.
Man fühlte hier der Andacht sich ergeben
Und Lebensruh und ein gesellig Leben.

Zu Häupten sah er dreizehn Schilde hangen,
Denn jedem Stuhl war eines zugezählt.
Sie schienen hier nicht ahnenstolz zu prangen,
Ein jedes schien bedeutend und gewählt,
Und Bruder Markus brannte vor Verlangen,
Zu wissen, was so manches Bild verhehlt;
Im mittelsten erblickt er jenes Zeichen
Zum zweitenmal: ein Kreuz mit Rosenzweigen.

Die Seele kann sich hier gar vieles bilden,
Ein Gegenstand zieht von dem andern fort;
Und Helme hängen über manchen Schilden,
Auch Schwert und Lanze sieht man hier und dort
Die Waffen, wie man sie von Schlachtgefilden
Auflesen kann, verzieren diesen Ort;
Hier Fahnen und Gewehre fremder Lande
Und, seh' ich recht, auch Ketten dort und Bande!

Ein jeder sinkt vor seinem Stuhle nieder,
Schlägt auf die Brust, in still Gebet gekehrt;
Von ihren Lippen tönen kurze Lieder,
In denen sich andächt'ge Freude nährt;
Dann segnen sich die treu verbundnen Brüder
Zum kurzen Schlaf, den Phantasie nicht stört:
Nur Markus bleibt, indem die andern gehen,
Mit einigen im Saale schauend stehen.

So müd er ist, wünscht er noch fortzuwachen,
Denn kräftig reizt ihn manch und manches Bild:
Hier sieht er einen feuerfarbnen Drachen,
Der seinen Durst in wilden Flammen stillt;
Hier einen Arm in eines Bären Rachen,
Von dem das Blut in heißen Strömen quillt;
Die beiden Schilder hingen, gleicher Weite,
Beim Rosenkreuz zur recht= und linken Seite.

Du kommst hierher auf wunderbaren Pfaden,
Spricht ihn der Alte wieder freundlich an;
Laß diese Bilder dich zu bleiben laden,
Bis du erfährst, was mancher Held gethan.

Was hier verborgen, iſt nicht zu erraten,
Man zeige denn es dir vertraulich an;
Du ahneſt wohl, wie manches hier gelitten,
Gelebt, verloren ward, und was erſtritten.

Doch glaube nicht, daß nur von alten Zeiten
Der Greis erzählt, hier geht noch manches vor;
Das, was du ſiehſt, will mehr und mehr bedeuten
Ein Teppich deckt es bald und bald ein Flor.
Geliebt es dir, ſo magſt du dich bereiten:
Du kamſt, o Freund, nur erſt durchs erſte Thor;
Im Vorhof biſt du freundlich aufgenommen
Und ſcheinſt mir wert, ins Innerſte zu kommen.

Nach kurzem Schlaf in einer ſtillen Zelle
Weckt unſern Freund ein dumpfer Glockenton.
Er rafft ſich auf mit unverdroßner Schnelle,
Dem Ruf der Andacht folgt der Himmelsſohn.
Geſchwind bekleidet, eilt er nach der Schwelle,
Es eilt ſein Herz voraus zur Kirche ſchon,
Gehorſam, ruhig, durch Gebet beflügelt;
Er klinkt am Schloß und findet es verriegelt.

Und wie er horcht, ſo wird in gleichen Zeiten
Dreimal ein Schlag auf hohles Erz erneut,
Nicht Schlag der Uhr und auch nicht Glockenläuten.
Ein Flötenton miſcht ſich von Zeit zu Zeit;
Der Schall, der ſeltſam iſt und ſchwer zu deuten,
Bewegt ſich ſo, daß er das Herz erfreut,
Einladend ernſt, als wenn ſich mit Geſängen
Zufriedne Paare durcheinander ſchlängen.

Er eilt ans Fenſter, dort vielleicht zu ſchauen,
Was ihn verwirrt und wunderbar ergreift;
Er ſieht den Tag im fernen Oſten grauen,
Den Horizont mit leichtem Duft geſtreift
Und — ſoll er wirklich ſeinen Augen trauen? —
Ein ſeltſam Licht, das durch den Garten ſchweift:
Drei Jünglinge mit Fackeln in den Händen
Sieht er ſich eilend durch die Gänge wenden.

Er ſieht genau die weißen Kleider glänzen,
Die ihnen knapp und wohl am Leibe ſtehn,
Ihr lockig Haupt kann er mit Blumenkränzen,
Mit Roſen ihren Gurt umwunden ſehn;

Es scheint, als kämen sie von nächt'gen Tänzen,
Von froher Mühe recht erquickt und schön.
Sie eilen nun und löschen, wie die Sterne,
Die Fackeln aus und schwinden in die Ferne.

Kunst.

Bilde, Künstler, rede nicht!
Nur ein Hauch sei dein Gedicht!

Die Nektartropfen.

Als Minerva, jenen Liebling,
Den Prometheus, zu begünst'gen,
Eine volle Nektarschale
Von dem Himmel niederbrachte,
Seine Menschen zu beglücken
Und den Trieb zu holden Künsten
Ihrem Busen einzuflößen:
Eilte sie mit schnellen Füßen,
Daß sie Jupiter nicht sähe;
Und die goldne Schale schwankte,
Und es fielen wenig Tropfen
Auf den grünen Boden nieder.

Emsig waren drauf die Bienen
Hinterher und saugten fleißig,
Kam der Schmetterling geschäftig,
Auch ein Tröpfchen zu erhaschen;
Selbst die ungestalte Spinne
Kroch herbei und sog gewaltig.

Glücklich haben sie gekostet,
Sie und andre zarte Tierchen;
Denn sie teilen mit dem Menschen
Nun das schönste Glück, die Kunst.

Der Wandrer.

Wandrer.

Gott ſegne dich, junge Frau,
Und den ſäugenden Knaben
An deiner Bruſt!
Laß mich an der Felſenwand hier,
In des Ulmbaums Schatten,
Meine Bürde werfen,
Neben dir ausruhn.

Frau.

Welch Gewerbe treibt dich
Durch des Tages Hitze
Den ſtaubigen Pfad her?
Bringſt du Waren aus der Stadt
Im Land herum?
Lächelſt, Fremdling,
Ueber meine Frage?

Wandrer.

Keine Waren bring' ich aus der Stadt.
Kühl wird nun der Abend;
Zeige mir den Brunnen,
Draus du trinkeſt,
Liebes junges Weib!

Frau.

Hier den Felſenpfad hinauf.
Geh voran! Durchs Gebüſche
Geht der Pfad nach der Hütte,
Drin ich wohne,
Zu dem Brunnen,
Den ich trinke.

Wandrer.

Spuren ordnender Menſchenhand
Zwiſchen dem Geſträuch!
Dieſe Steine haſt du nicht gefügt,
Reichhinſtreuende Natur!

Frau.

Weiter hinauf!

Wandrer.

Von dem Moos gedeckt ein Architrav!
Ich erkenne dich, bildender Geist!
Hast dein Siegel in den Stein geprägt.

Frau.

Weiter, Fremdling!

Wandrer.

Eine Inschrift, über die ich trete!
Nicht zu lesen!
Weggewandelt seid ihr,
Tiefgegrabne Worte,
Die ihr eures Meisters Andacht
Tausend Enkeln zeigen solltet.

Frau.

Staunest, Fremdling,
Diese Stein' an?
Droben sind der Steine viel
Um meine Hütte.

Wandrer.

Droben?

Frau.

Gleich zur Linken
Durchs Gebüsch hinan;
Hier.

Wandrer.

Ihr Musen und Grazien!

Frau.

Das ist meine Hütte.

Wandrer.

Eines Tempels Trümmer!

Frau.

Hier zur Seit' hinab
Quillt der Brunnen,
Den ich trinke.

Wandrer.

Glühend webst du
Ueber deinem Grabe,
Genius! Ueber dir

Ist zusammengestürzt
Dein Meisterstück,
O du Unsterblicher!

Frau.

Wart, ich hole das Gefäß
Dir zum Trinken.

Wandrer.

Epheu hat deine schlanke
Götterbildung umkleidet.
Wie du emporstrebst
Aus dem Schutte,
Säulenpaar!
Und du, einsame Schwester dort,
Wie ihr,
Düstres Moos auf dem heiligen Haupt,
Majestätisch trauernd herabschaut
Auf die zertrümmerten
Zu euern Füßen,
Eure Geschwister!
In des Brombeergesträuches Schatten
Deckt sie Schutt und Erde,
Und hohes Gras wankt drüber hin!
Schätzest du so, Natur,
Deines Meisterstücks Meisterstück?
Unempfindlich zertrümmerst du
Dein Heiligtum?
Säest Disteln drein?

Frau.

Wie der Knabe schläft!
Willst du in der Hütte ruhn,
Fremdling? Willst du hier
Lieber in dem Freien bleiben?
Es ist kühl! Nimm den Knaben,
Daß ich Wasser schöpfen gehe.
Schlafe, Lieber! schlaf!

Wandrer.

Süß ist deine Ruh!
Wie's, in himmlischer Gesundheit
Schwimmend, ruhig atmet!
Du, geboren über Resten
Heiliger Vergangenheit,
Ruh' ihr Geist auf dir!

றாற

Welchen der umschwebt,
Wird in Götterselbstgefühl
Jedes Tags genießen.
Voller Keim blüh' auf,
Des glänzenden Frühlings
Herrlicher Schmuck,
Und leuchte vor deinen Gesellen!
Und welkt die Blütenhülle weg,
Dann steig' aus deinem Busen
Die volle Frucht
Und reife der Sonn' entgegen.

Frau.

Gesegne's Gott! — Und schläft er noch?
Ich habe nichts zum frischen Trunk
Als ein Stück Brot, das ich dir bieten kann.

Wandrer.

Ich danke dir.
Wie herrlich alles blüht umher
Und grünt!

Frau.

Mein Mann wird bald
Nach Hause sein
Vom Feld. O bleibe, bleibe, Mann!
Und iß mit uns das Abendbrot.

Wandrer.

Ihr wohnet hier?

Frau.

Da, zwischen dem Gemäuer her.
Die Hütte baute noch mein Vater
Aus Ziegeln und des Schuttes Steinen.
Hier wohnen wir.
Er gab mich einem Ackersmann
Und starb in unsern Armen. —
Hast du geschlafen, liebes Herz?
Wie er munter ist und spielen will!
Du Schelm!

Wandrer.

Natur! du ewig keimende,
Schaffst jeden zum Genuß des Lebens,
Hast deine Kinder alle mütterlich

Mit Erbteil ausgestattet, einer Hütte.
Hoch baut die Schwalb' an das Gesims,
Unfühlend, welchen Zierat
Sie verklebt.
Die Raup' umspinnt den goldnen Zweig
Zum Winterhaus für ihre Brut;
Und du flickst zwischen der Vergangenheit
Erhabne Trümmer
Für deine Bedürfniss'
Eine Hütte, o Mensch,
Genießest über Gräbern! —
Leb wohl, du glücklich Weib!

 Frau.
Du willst nicht bleiben?

 Wandrer.
Gott erhalt' Euch,
Segn' Euern Knaben!

 Frau.
Glück auf den Weg!

 Wandrer.
Wohin führt mich der Pfad
Dort übern Berg?

 Frau.
Nach Cuma.

 Wandrer.
Wie weit ist's hin?

 Frau.
Drei Meilen gut.

 Wandrer.
Leb wohl!
O, leite meinen Gang, Natur!
Den Fremdlings-Reisetritt,
Den über Gräber
Heiliger Vergangenheit
Ich wandle.
Leit' ihn zum Schutzort,
Vorm Nord gedeckt,
Und wo dem Mittagsstrahl
Ein Pappelwäldchen wehrt.

Und kehr' ich dann
Am Abend heim
Zur Hütte,
Vergoldet vom letzten Sonnenstrahl,
Laß mich empfangen solch ein Weib,
Den Knaben auf dem Arm!

——— ———

Künstlers Morgenlied.

Der Tempel ist euch aufgebaut,
Ihr hohen Musen all,
Und hier in meinem Herzen ist
Das Allerheiligste.

Wenn morgens mich die Sonne weckt,
Warm, froh ich schau' umher,
Steht rings ihr Ewiglebenden
Im heil'gen Morgenglanz.

Ich bet' hinan, und Lobgesang
Ist lauter mein Gebet,
Und freudeklingend Saitenspiel
Begleitet mein Gebet.

Ich trete vor den Altar hin
Und lese, wie sich's ziemt,
Andacht liturg'scher Lektion
Im heiligen Homer.

Und wenn er ins Getümmel mich
Von Löwenkriegern reißt,
Und Göttersöhn' auf Wagen hoch
Nachglühend stürmen an,

Und Roß dann vor dem Wagen stürzt,
Und drunter und drüber sich
Freund', Feinde wälzen in Todesblut —
Er sengte sie dahin

Mit Flammenschwert, der Heldensohn,
Zehntausend auf einmal,
Bis dann auch er, gebändiget
Von einer Götterhand,

Ab auf den Rogus niederstürzt,
Den er sich selbst gehäuft,
Und Feinde nun den schönen Leib
Verschändend tasten an:

Da greif' ich mutig auf, es wird
Die Kohle zum Gewehr,
Und jene meine hohe Wand
In Schlachtfeld-Wogen braust.

Hinan! Hinan! Es heulet laut
Gebrüll der Feindeswut,
Und Schild an Schild, und Schwert auf Helm,
Und um den Toten Tod.

Ich dränge mich hinan, hinan,
Da kämpfen sie um ihn,
Die tapfern Freunde, tapferer
In ihrer Thränenwut.

Ach, rettet! Kämpfet! Rettet ihn!
Ins Lager tragt ihn fort
Und Balsam gießt dem Toten auf
Und Thränen Toten-Ehr'!

Und find' ich mich zurück hierher,
Empfängst du, Liebe, mich,
Mein Mädchen, ach, im Bilde nur,
Und so im Bilde warm!

Ach! wie du ruhtest neben mir
Und schmachtetest mich an,
Und mir's vom Aug' durchs Herz hindurch
Zum Griffel schmachtete!

Wie ich an Aug' und Wange mich
Und Mund mich weidete,
Und mir's im Busen jung und frisch,
Wie einer Gottheit, war!

O, kehre doch und bleibe dann
In meinen Armen fest,
Und keine, keine Schlachten mehr,
Nur dich in meinem Arm!

Und sollst mir, meine Liebe, sein
Allbedeutend Ideal,
Madonna sein, ein Erstlingskind,
Ein heiligs, an der Brust;

Und haschen will ich, Nymphe, dich
Im tiefen Waldgebüsch;
O, fliehe nicht die rauhe Brust,
Mein aufgerecktes Ohr!

Und liegen will ich, Mars, zu dir,
Du Liebesgöttin stark,
Und ziehn ein Netz um uns herum
Und rufen dem Olymp,

Wer von den Göttern kommen will,
Beneiden unser Glück,
Und soll's die Fratze Eifersucht,
Am Bettfuß angebannt.

Amor als Landschaftsmaler.

Saß ich früh auf einer Felsenspitze,
Sah mit starren Augen in den Nebel;
Wie ein grau grundiertes Tuch gespannet,
Deckt' er alles in die Breit' und Höhe.

Stellt' ein Knabe sich mir an die Seite,
Sagte: Lieber Freund, wie magst du starrend
Auf das leere Tuch gelassen schauen?
Hast du denn zum Malen und zum Bilden
Alle Lust auf ewig wohl verloren?

Sah ich an das Kind und dachte heimlich:
Will das Bübchen doch den Meister machen!

Willst du immer trüb und müßig bleiben,
Sprach der Knabe, kann nichts Kluges werden;
Sieh, ich will dir gleich ein Bildchen malen,
Dich ein hübsches Bildchen malen lehren.

Und er richtete den Zeigefinger,
Der so rötlich war wie eine Rose,

Nach dem weiten ausgeſpannten Teppich,
Fing mit ſeinem Finger an zu zeichnen:

Oben malt' er eine ſchöne Sonne,
Die mir in die Augen mächtig glänzte,
Und den Saum der Wolken macht' er golden,
Ließ die Strahlen durch die Wolken dringen;
Malte dann die zarten, leichten Wipfel
Friſch erquickter Bäume, zog die Hügel,
Einen nach dem andern, frei dahinter;
Unten ließ er's nicht an Waſſer fehlen,
Zeichnete den Fluß ſo ganz natürlich,
Daß er ſchien im Sonnenſtrahl zu glitzern,
Daß er ſchien am hohen Rand zu rauſchen.

Ach, da ſtanden Blumen an dem Fluſſe,
Und da waren Farben auf der Wieſe,
Gold und Schmelz und Purpur und ein Grünes,
Alles wie Smaragd und wie Karfunkel!
Hell und rein laſiert' er drauf den Himmel
Und die blauen Berge fern und ferner,
Daß ich, ganz entzückt und neu geboren,
Bald den Maler, bald das Bild beſchaute.

Hab' ich doch, ſo ſagt' er, dir bewieſen,
Daß ich dieſes Handwerk gut verſtehe;
Doch es iſt das Schwerſte noch zurücke.

Zeichnete darnach mit ſpitzem Finger
Und mit großer Sorgfalt an dem Wäldchen,
Grad aus Ende, wo die Sonne kräftig
Von dem hellen Boden widerglänzte,
Zeichnete das allerliebſte Mädchen,
Wohlgebildet, zierlich angekleidet,
Friſche Wangen unter braunen Haaren,
Und die Wangen waren von der Farbe
Wie das Fingerchen, das ſie gebildet.

O du Knabe! rief ich, welch ein Meiſter
Hat in ſeine Schule dich genommen,
Daß du ſo geſchwind und ſo natürlich
Alles klug beginnſt und gut vollendeſt?

Da ich noch ſo rede, ſieh, da rühret
Sich ein Windchen und bewegt die Gipfel,
Kräuſelt alle Wellen auf dem Fluſſe,

Füllt den Schleier des vollkommnen Mädchens,
Und, was mich Erstaunten mehr erstaunte,
Fängt das Mädchen an, den Fuß zu rühren,
Geht zu kommen, nähert ſich dem Orte,
Wo ich mit dem loſen Lehrer ſitze.

Da nun alles, alles ſich bewegte,
Bäume, Fluß und Blumen und der Schleier
Und der zarte Fuß der Allerſchönſten,
Glaubt ihr wohl, ich ſei auf meinem Felſen
Wie ein Felſen ſtill und feſt geblieben?

Künſtlers Abendlied.

Ach, daß die innre Schöpfungskraft
Durch meinen Sinn erſchölle!
Daß eine Bildung voller Saft
Aus meinen Fingern quölle!

Ich zittre nur, ich ſtottre nur
Und kann es doch nicht laſſen;
Ich fühl', ich kenne dich, Natur,
Und ſo muß ich dich faſſen.

Bedenk' ich dann, wie manches Jahr
Sich ſchon mein Sinn erſchließet,
Wie er, wo dürre Heide war,
Nur Freudenquell genießet;

Wie ſehn' ich mich, Natur, nach dir,
Dich treu und lieb zu fühlen!
Ein luſt'ger Springbrunn, wirſt du mir
Aus tauſend Röhren ſpielen.

Wirſt alle meine Kräfte mir
In meinem Sinn erheitern
Und dieſes enge Daſein hier
Zur Ewigkeit erweitern.

Kenner und Künstler.

Kenner.

Gut! brav, mein Herr! Allein
Die linke Seite
Nicht ganz gleich der rechten;
Hier scheint es mir zu lang
Und hier zu breit:
Hier zuckt's ein wenig,
Und die Lippe
Nicht ganz Natur,
So tot noch alles!

Künstler.

O, ratet, helft mir,
Daß ich mich vollende!
Wo ist der Urquell der Natur,
Daraus ich schöpfend
Himmel fühl' und Leben
In die Fingerspitzen hervor?
Daß ich mit Göttersinn
Und Menschenhand
Vermöge zu bilden,
Was bei meinem Weib
Ich animalisch kann und muß.

Kenner.

Da sehen Sie zu.

Künstler.

So!

Kenner und Enthusiast.

Ich führt' einen Freund zum Maidel jung,
Wollt' ihm zu genießen geben,
Was alles es hätt', gar Freud' genung,
Frisch junges warmes Leben.

Wir fanden sie sitzen an ihrem Bett,
Thät sich auf ihr Händlein stützen.
Der Herr, der macht' ihr ein Kompliment,
Thät gegen ihr über sitzen.

Er spitzt die Nase, er sturt sie an,
Betracht sie herüber, hinüber;
Und um mich war's gar bald gethan,
Die Sinnen gingen mir über.

Der liebe Herr für allen Dank
Führt mich drauf in eine Ecken
Und sagt, sie wär' doch allzuschlank
Und hätt' auch Sommerflecken.
Da nahm ich von meinem Kind Adieu,
Und scheidend sah ich in die Höh:
Ach Herre Gott, ach Herre Gott,
Erbarm' dich doch des Herren!

Da führt' ich ihn in die Galerie
Voll Menschenglut und Geistes;
Mir wird's da gleich, ich weiß nicht, wie,
Mein ganzes Herz zerreißt es.
O Maler! Maler! rief ich laut,
Belohn' dir Gott dein Malen!
Und nur die allerschönste Braut
Kann dich für uns bezahlen.

Und sieh, da ging mein Herr herum
Und stochert sich die Zähne,
Registriert in Katalogum
Mir meine Göttersöhne.
Mein Busen war so voll und bang,
Von hundert Welten trächtig;
Ihm war bald was zu kurz, zu lang,
Wägt' alles gar bedächtig.

Da warf ich in ein Eckchen mich,
Die Eingeweide brannten.
Um ihn versammelten Männer sich,
Die ihn einen Kenner nannten.

––––––––––

Monolog des Liebhabers.

Was nutzt die glühende Natur
Vor deinen Augen dir,
Was nutzt dir das Gebildete
Der Kunst rings um dich her,

Wenn liebevolle Schöpfungskraft
Nicht deine Seele füllt
Und in den Fingerspitzen dir
Nicht wieder bildend wird?

Guter Rat.

Geschieht wohl, daß man einen Tag
Weder sich noch andre leiden mag,
Will nichts dir nach dem Herzen ein;
Sollt's in der Kunst wohl anders sein?
Drum hetze dich nicht zur schlimmen Zeit,
Denn Füll' und Kraft sind nimmer weit:
Hast in der bösen Stund' geruht,
Ist dir die gute doppelt gut.

Sendschreiben.

Mein altes Evangelium
Bring' ich dir hier schon wieder;
Doch ist mir's wohl um mich herum,
Darum schreib' ich dir's nieder.

Ich holte Gold, ich holte Wein,
Stellt' alles da zusammen;
Da, dacht' ich, da wird Wärme sein,
Geht mein Gemäld' in Flammen!
Auch thät' ich bei der Schätze Flor
Viel Glut und Reichtum schwärmen;
Doch Menschenfleisch geht allem vor,
Um sich daran zu wärmen.

Und wer nicht richtet, sondern fleißig ist,
Wie ich bin und wie du bist,
Den belohnt auch die Arbeit mit Genuß:
Nichts wird auf der Welt ihm Ueberdruß.
Denn er blecket nicht mit stumpfem Zahn
Lang' Gesottnes und Gebratnes an.
Das er, wenn er noch so sittlich kaut,
Endlich doch nicht sonderlich verdaut;

Sondern faßt ein tüchtig Schinkenbein,
Haut da gut taglöhnermäßig drein,
Füllt bis oben gierig den Pokal,
Trinkt und wischt das Maul wohl nicht einmal.

Sieh, so ist Natur ein Buch lebendig,
Unverstanden, doch nicht unverständlich;
Denn dein Herz hat viel und groß Begehr:
Was wohl in der Welt für Freude wär',
Allen Sonnenschein und alle Bäume,
Alles Meergestad' und alle Träume
In dein Herz zu sammeln mit einander,
Wie die Welt durchwühlend Banks, Solander.

Und wie muß dir's werden, wenn du fühlest,
Daß du alles in dir selbst erzielest;
Freude hast an deiner Frau und Hunden,
Als noch keiner in Elysium gefunden,
Als er da mit Schatten lieblich schweifte
Und an goldne Gottgestalten streifte.
Nicht in Rom, in Magna Grächa,
Dir im Herzen ist die Wonne da!
Wer mit seiner Mutter, der Natur, sich hält,
Find't im Stengelglas wohl eine Welt.

Künstlers Fug und Recht.

Ein frommer Maler mit vielem Fleiß
Hatte manchmal gewonnen den Preis,
Und manchmal ließ er's auch geschehn,
Daß er einem bessern nach mußt' stehn;
Hatte seine Tafeln fortgemalt,
Wie man sie lobt, wie man sie bezahlt.
Da kamen einige gut hinaus;
Man baut' ihn'n sogar ein Heiligenhaus.

Nun fand er Gelegenheit einmal,
Zu malen eine Wand im Saal;
Mit emsigen Zügen er staffiert,
Was öfters in der Welt passiert;
Zog seinen Umriß leicht und klar,
Man konnte sehn, was gemeint da war.

Mit wenig Farben er koloriert,
Doch so, daß er das Aug' frappiert.
Er glaubt es für den Platz gerecht
Und nicht zu gut und nicht zu schlecht.
Daß es versammelte Herrn und Fraun
Möchten einmal mit Lust beschaun;
Zugleich er auch noch wünscht' und wollt',
Daß man dabei was denken sollt'.

Als nun die Arbeit fertig war,
Da trat herein manch Freundespaar,
Das unsers Künstlers Werke liebt
Und darum desto mehr betrübt,
Daß an der losen leidigen Wand
Nicht auch ein Götterbildniß stand.
Die setzten ihn sogleich zur Red',
Warum er so was malen thät',
Da doch der Saal und seine Wänd'
Gehörten nur für Narrenhänd';
Er sollte sich nicht lassen verführen
Und nun auch Bänk' und Tische beschmieren;
Er sollte bei seinen Tafeln bleiben
Und hübsch mit seinem Pinsel schreiben.
Und sagten ihm von dieser Art
Noch viel Verbindlichs in den Bart.

Er sprach darauf bescheidentlich:
Eure gute Meinung beschämet mich;
Es freut mich mehr nichts auf der Welt,
Als wenn euch je mein Werk gefällt.
Da aber aus eigenem Beruf
Gott der Herr allerlei Tier' erschuf,
Daß auch sogar das wüste Schwein,
Kröten und Schlangen vom Herren sein,
Und er auch manches nur ebauchiert
Und gerade nicht alles ausgeführt
(Wie man den Menschen denn selbst nicht scharf
Und nur en gros betrachten darf):
So hab' ich, als ein armer Knecht
Vom sündlich menschlichen Geschlecht,
Von Jugend auf allerlei Lust gespürt
Und mich in allerlei exerziert,
Und so durch Uebung und durch Glück
Gelang mir, sagt ihr, manches Stück.
Nun dächt' ich, nach vielem Rennen und Laufen
Dürst' einer auch einmal verschnaufen,

Ohne daß jeder gleich, der wohl ihm wollt',
Ihn 'nen faulen Bengel heißen sollt'.

Drum ist mein Wort zu dieser Frist,
Wie's allezeit gewesen ist:
Mit keiner Arbeit hab' ich geprahlt,
Und was ich gemalt hab', hab' ich gemalt.

Groß ist die Diana der Ephefer.

Apostelgeschichte 19, 39.

Zu Ephesus ein Goldschmied saß
In seiner Werkstatt, pochte,
So gut er konnt', ohn' Unterlaß,
So zierlich er's vermochte.
Als Knab' und Jüngling kniet' er schon
Im Tempel vor der Göttin Thron
Und hatte den Gürtel unter den Brüsten,
Worin so manche Tiere nisten,
Zu Hause treulich nachgefeilt,
Wie's ihm der Vater zugeteilt,
Und leitete sein kunstreich Streben
In frommer Wirkung durch das Leben.

Da hört er denn auf einmal laut
Eines Gassenvolkes Windesbraut,
Als gäb's einen Gott so im Gehirn,
Da, hinter des Menschen alberner Stirn,
Der sei viel herrlicher als das Wesen,
An dem wir die Breite der Gottheit lesen.

Der alte Künstler horcht nur auf,
Läßt seinen Knaben auf den Markt den Lauf,
Feilt immer fort an Hirschen und Tieren,
Die seiner Gottheit Kniee zieren,
Und hofft, es könnte das Glück ihm walten,
Ihr Angesicht würdig zu gestalten.

※

Will's aber einer anders halten,
So mag er nach Belieben schalten;
Nur soll er nicht das Handwerk schänden;
Sonst wird er schlecht und schmählich enden.

Antike.

Homer ist lange mit Ehren genannt,
Jetzt ward euch Phidias bekannt;
Nun hält nichts gegen beide Stich,
Darob ereifre niemand sich.

———

Seid willkommen, edle Gäste,
Jedem echten deutschen Sinn!
Denn das Herrlichste, das Beste
Bringt allein dem Geist Gewinn.

———

Begeisterung.

Fassest du die Muse nur beim Zipfel,
Hast du wenig nur gethan;
Geist und Kunst auf ihrem höchsten Gipfel
Muten alle Menschen an.

———

Studien.

Nachahmung der Natur
 — Der schönen —
Ich ging auch wohl auf dieser Spur;
 Gewöhnen
Mocht' ich wohl nach und nach den Sinn,
 Mich zu vergnügen;
Allein so bald ich mündig bin,
 Es sind's die Griechen!

———

Typus.

Es ist nichts in der Haut,
Was nicht im Knochen ist.
Vor schlechtem Gebilde jedem graut,
Das ein Augenschmerz ihm ist.

Was freut denn jeden? Blühen zu sehn,
Das von innen schon gut gestaltet;
Außen mag's in Glätte, mag in Farben gehn,
Es ist ihm schon voran gewaltet.

Unerläßlich.

Gar manches artig ist geschehn
Durch leichte Griffel=Spiele;
Doch, recht betrachtet, wohl besehn,
Fehlt immer Hain und Mühle.

Ideale.

Der Maler wagt's mit Götter=Bildern,
Sein Höchstes hat er aufgestellt;
Doch, was er für unmöglich hält:
Dem Liebenden die Liebste schildern,
Er wag' es auch! Ein Traum wird frommen,
Ein Schattenbild ist hoch willkommen.

Abwege.

Künstler, wird's im Innern steif,
Das ist nicht erfreulich!
Auch der vagen Züge Schweif
Ist uns ganz abscheulich;
Kommst du aber auf die Spur,
Daß du's nicht getroffen,
Zu der wahren Kunstnatur
Steht der Pfad schon offen.

Modernes.

„Wie aber kann sich Hans van Eyck
Mit Phidias nur messen?"
Ihr müßt, so lehr' ich, alsogleich
Einen um den andern vergessen.

Denn wärt ihr stets bei einer geblieben,
Wie könntet ihr noch immer lieben?
Das ist die Kunst, das ist die Welt,
Daß eins ums andere gefällt.

Dilettant und Künstler.

Blätter, nach Natur gesammelt,
Sind sie endlich auch gesammelt,
Deuten wohl auf Kunst und Leben;
Aber ihr, im Künstlerkranze,
Jedes Blatt sei euch das Ganze,
Und belohnt ist euer Streben.

Landschaft.

Das alles sieht so lustig aus,
So wohl gewaschen das Bauerhaus,
So morgentaulich Gras und Baum,
So herrlich Blau der Berge Saum!
Seht nur das Wölkchen, wie es spielt
Und sich im reinen Aether kühlt!
Fände sich ein Niederländer hier,
Er nähme wahrlich gleich Quartier,
Und was er sieht und was er malt,
Wird hundert Jahre nachgezahlt.

Wie kommt dir denn das alles vor?
Es glänzt, als wie durch Silberflor,
Durchscheinend ist's, es zieht ein Licht
Dahinter, lieblichstes Gesicht.
Durch solcher holden Lampe Schein
Wird alles klar und überein,
Was sonst ein garstig Ungefähr,
Tagtäglich, ein Gemeines wär'. —
Fehlt's dir an Geist und Kunstgebühr,
Die Liebe weiß schon Rat dafür.

Ländlich.

Die Nachtigall, sie war entfernt,
Der Frühling lockt sie wieder;
Was Neues hat sie nicht gelernt,
Singt alte liebe Lieder.

————

Künstlerlied.

Zu erfinden, zu beschließen,
Bleibe, Künstler, oft allein!
Deines Wirkens zu genießen,
Eile freudig zum Verein!
Dort im Ganzen schau, erfahre
Deinen eignen Lebenslauf,
Und die Thaten mancher Jahre
Gehn dir in dem Nachbar auf.

Der Gedanke, das Entwerfen,
Die Gestalten, ihr Bezug,
Eines wird das andre schärfen,
Und am Ende sei's genug!
Wohl erfunden, klug ersonnen,
Schön gebildet, zart vollbracht,
So von jeher hat gewonnen
Künstler kunstreich seine Macht.

Wie Natur im Vielgebilde
Einen Gott nur offenbart,
So im weiten Kunstgefilde
Webt ein Sinn der ew'gen Art;
Dieses ist der Sinn der Wahrheit,
Der sich nur mit Schönem schmückt
Und getrost der höchsten Klarheit
Hellsten Tags entgegenblickt.

Wie beherzt in Reim und Prose
Redner, Dichter sich ergehn,
Soll des Lebens heitre Rose
Frisch auf Malertafel stehn,
Mit Geschwistern reich umgeben,
Mit des Herbstes Frucht umlegt,

Daß sie von geheimem Leben
Offenbaren Sinn erregt.

Tausendfach und schön entfließe
Form aus Formen deiner Hand,
Und im Menschenbild genieße,
Daß ein Gott sich hergewandt.
Welch ein Werkzeug ihr gebrauchet,
Stellet euch als Brüder dar!
Und gesangweis flammt und rauchet
Opfersäule vom Altar.

Parabolisch.

Was im Leben uns verdrießt,
Man im Bilde gern genießt.

Erklärung einer antiken Gemme.

Es steht ein junger Feigenstock
In einem schönen Garten;
Daneben sitzt ein Ziegenbock,
Als wollt' er seiner warten.

Allein, Quiriten, wie man irrt!
Der Baum ist schlecht gehütet;
Und ihm zur andern Seite schwirrt
Ein Käfer ausgebrütet.

Es fliegt der Held mit Panzerbrust
Und naschet in den Zweigen,
Und auch der Bock hat große Lust,
Gemächlich aufzusteigen.

Drum seht ihr, Freunde, schon beinah
Das Bäumchen nackt von Blättern;
Es stehet ganz erbärmlich da
Und flehet zu den Göttern.

Drum hört die guten Lehren an,
Ihr Kinder, zart von Jahren:
Vor Ziegenbock und Käferzahn
Soll man ein Bäumchen wahren!

Katzenpastete.

Bewährt den Forscher der Natur
Ein frei und ruhig Schauen,
So folge Meßkunst seiner Spur
Mit Vorsicht und Vertrauen.

Zwar mag in einem Menschenkind
Sich beides auch vereinen;
Doch, daß es zwei Gewerbe sind,
Das läßt sich nicht verneinen.

———

Es war einmal ein braver Koch,
Geschickt im Appretieren;
Dem fiel es ein, er wollte doch
Als Jäger sich gerieren.

Er zog bewehrt zu grünem Wald,
Wo manches Wildbret hauste,
Und einen Kater schoß er bald,
Der junge Vögel schmauste.

Sah ihn für einen Hasen an
Und ließ sich nicht bedeuten,
Pastetete viel Würze dran
Und setzt' ihn vor den Leuten.

Doch manche Gäste das verdroß,
Gewisse feine Nasen:
Die Katze, die der Jäger schoß,
Macht nie der Koch zum Hasen.

———

Séance.

Hier ist's, wo unter eignem Namen
Die Buchstaben sonst zusammenkamen.
Mit Scharlachkleidern angethan,
Saßen die Selbstlauter oben an:
A, E, J, O und U dabei,
Machten gar ein seltsam Geschrei.
Die Mitlauter kamen mit steifen Schritten,
Mußten erst um Erlaubnis bitten.
Präsident A war ihnen geneigt;
Da wurd' ihnen denn der Platz gezeigt;

Andre aber, die mußten stehn,
Als Pe=Ha und Te=Ha und solches Getön.
Dann gab's ein Gerede, man weiß nicht wie:
Das nennt man eine Akademie.

Legende.

In der Wüsten ein heiliger Mann
Zu seinem Erstaunen that treffen an
Einen ziegenfüßigen Faun, der sprach:
„Herr, betet für mich und meine Gefährt',
Daß ich zum Himmel gelassen werd',
Zur Seligen Freud'; uns dürstet darnach."
Der heilige Mann dagegen sprach:
„Es sieht mit deiner Bitte gar gefährlich,
Und gewährt wird sie dir schwerlich.
Du kommst nicht zum englischen Gruß;
Denn du hast einen Ziegenfuß."
Da sprach hierauf der wilde Mann:
„Was hat Euch mein Ziegenfuß gethan?
Sah ich doch manche strack und schön
Mit Eselsköpfen gen Himmel gehn."

Autoren.

Ueber die Wiese, den Bach herab,
Durch seinen Garten,
Bricht er die jüngsten Blumen ab;
Ihm schlägt das Herz vor Erwarten.
Sein Mädchen kommt — O Gewinst! o Glück!
Jüngling, tauschest deine Blüten um einen Blick!

Der Nachbar Gärtner sieht herein
Ueber die Hecke: „So ein Thor möcht' ich sein!
Hab' Freude, meine Blumen zu nähren,
Die Vögel von meinen Früchten zu wehren;
Aber, sind sie reif: Geld! guter Freund!
Soll ich meine Mühe verlieren?"

Das sind Autoren, wie es scheint.
Der eine streut seine Freuden herum
Seinen Freunden, dem Publikum;
Der andre läßt sich pränumerieren.

Rezensent.

Da hatt' ich einen Kerl zu Gast,
Er war mir eben nicht zur Last;
Ich hatt' just mein gewöhnlich Essen,
Hat sich der Kerl pumpsatt gefressen,
Zum Nachtisch, was ich gespeichert hatt'.
Und kaum ist mir der Kerl so satt,
Thut ihn der Teufel zum Nachbar führen,
Ueber mein Essen zu räsonieren:
„Die Supp' hätt' können gewürzter sein,
Der Braten brauner, firner der Wein."
Der Tausendsackerment!
Schlagt ihn tot, den Hund! Es ist ein Rezensent.

Dilettant und Kritiker.

Es hatt' ein Knab' eine Taube zart,
Gar schön von Farben und bunt,
Gar herzlich lieb, nach Knabenart,
Geätzt aus seinem Mund,
Und hatte so Freud' am Täubchen sein,
Daß er nicht konnte sich freuen allein.

Da lebte nicht weit ein Alt=Fuchs herum,
Erfahren und lehrreich und schwätzig darum;
Der hatte den Knaben manch Stündlein ergötzt,
Mit Wundern und Lügen verprahlt und verschwätzt.

„Muß meinem Fuchs doch mein Täubelein zeigen!"
Er lief und fand ihn strecken in Sträuchen.
„Sieh, Fuchs, mein lieb Täublein, mein Täubchen so schön!
Hast du dein' Tag' so ein Täubchen gesehn?"

Zeig' her! — Der Knabe reicht's. — Geht wohl an;
Aber es fehlt noch manches dran.
Die Federn, zum Exempel, sind zu kurz geraten. —
Da fing er an, rupft' sich den Braten.

Der Knabe schrie. — Du mußt stärkre einsetzen,
Sonst ziert's nicht, schwinget nicht. —
Da war's nackt — Mißgeburt! — und in Fetzen!
Dem Knaben das Herze bricht.

Wer sich erkennt im Knaben gut,
Der sei vor Füchsen auf seiner Hut.

Neologen.

Ich begegnet' einem jungen Mann,
Ich fragt' ihn um sein Gewerbe;
Er sagt': Ich sorge, wie ich kann,
Daß ich mir, eh' ich sterbe,
Ein Bauergütchen erwerbe.
Ich sagte: Das ist sehr wohl gedacht;
Und wünschte, er hätt' es so weit gebracht.
Da hört' ich: er habe vom lieben Papa
Und ebenso von der Frau Mama
Die allerschönsten Rittergüter.

*

Das nenn' ich doch originale Gemüter.

Krittler.

Ein unverschämter Naseweis,
Der, was er durch Stahlarbeitersfleiß
Auf dem Laden künstlich liegen sah,
Dacht', es wär' für ihn alleine da:
So tatscht' er dem geduldigen Mann
Die blanken Waren sämtlich an
Und schätzte sie, nach Dünkelsrecht,
Das Schlechte hoch, das Gute schlecht,
Getrost, zufriednen Angesichts;
Dann ging er weg und kaufte nichts.

Den Kramer das zuletzt verdroß
Und macht ein stählern künstlich Schloß
Zur rechten Stunde glühend heiß.
Da ruft gleich unser Naseweis:
„Wer wird so schlechte Ware kaufen!
Der Stahl ist schändlich angelaufen.“
Und tappt auch gleich recht läppisch drein
Und fängt erbärmlich an zu schrein.
Der Kramer fragt: Was ist denn das?
Der Quidam schreit: „Ein frostiger Spaß!“

Kläffer.

Wir reiten in die Kreuz und Quer'
Nach Freuden und Geschäften;
Doch immer kläfft es hinterher
Und billt aus allen Kräften.

So will der Spitz aus unserm Stall
Uns immerfort begleiten,
Und seines Bellens lauter Schall
Beweist nur, daß wir reiten.

Celebrität.

Auf großen und auf kleinen Brucken
Stehn vielgestaltete Nepomuken
Von Erz, von Holz, gemalt, von Stein,
Kolossisch hoch und puppisch klein.
Jeder hat seine Andacht davor,
Weil Nepomuk auf der Brucken das Leben verlor.

Ist einer nun mit Kopf und Ohren
Einmal zum Heiligen auserkoren,
Oder hat er unter Henkershänden
Erbärmlich müssen das Leben enden,
So ist er zur Qualität gelangt,
Daß er gar weit im Bilde prangt.
Kupferstich, Holzschnitt thun sich eilen,
Ihn allen Welten mitzuteilen;
Und jede Gestalt wird wohl empfangen,
Thut sie mit seinem Namen prangen:
Wie es denn auch dem Herren Christ
Nicht ein Haar besser geworden ist.
Merkwürdig für die Menschenkinder,
Halb Heiliger, halb armer Sünder,
Sehn wir Herrn Werther auch allda
Prangen in Holzschnitts-Gloria.
Das zeugt erst recht von seinem Werte,
Daß mit erbärmlicher Gebärde
Er wird auf jedem Jahrmarkt prangen,
Wird in Wirtsstuben aufgehangen.
Jeder kann mit dem Stocke zeigen:
„Gleich wird die Kugel das Hirn erreichen!"
Und jeder spricht bei Bier und Brot:
„Gott sei's gedankt, nicht wir sind tot!"

Parabel.

In einer Stadt, wo Parität
Noch in der alten Ordnung steht,
Da, wo sich nämlich Katholiken
Und Protestanten ineinander schicken,
Und, wie's von Vätern war erprobt,
Jeder Gott auf seine Weise lobt:
Da lebten wir Kinder Lutheraner
Von etwas Predigt und Gesang,
Waren aber dem Kling und Klang
Der Katholiken nur zugethaner;
Denn alles war doch gar zu schön,
Bunter und lustiger anzusehn.

Dieweil nun Affe, Mensch und Kind
Zur Nachahmung geboren sind,
Erfanden wir, die Zeit zu kürzen,
Ein auserlesnes Pfaffenspiel:
Zum Chorrock, der uns wohlgefiel,
Gaben die Schwestern ihre Schürzen;
Handtücher, mit Wirkwerk schön verziert,
Wurden zur Stola travestiert;
Die Mütze mußte den Bischof zieren,
Von Goldpapier mit vielen Tieren.

So zogen wir nun im Ornat
Durch Haus und Garten früh und spat
Und wiederholten ohne Schonen
Die sämtlichen heiligen Funktionen:
Doch fehlte noch das beste Stück.
Wir wußten wohl, ein prächtig Läuten
Habe hier am meisten zu bedeuten;
Und nun begünstigt uns das Glück:
Denn auf dem Boden hing ein Strick.
Wir sind entzückt, und wie wir diesen
Zum Glockenstrang sogleich erkiesen,
Ruht er nicht einen Augenblick:
Denn wechselnd eilten wir Geschwister,
Einer ward um den andern Küster,
Ein jedes drängte sich hinzu.
Das ging nun allerliebst von statten:
Und weil wir keine Glocken hatten,
So sangen wir Bum Baum dazu.

*

Vergessen, wie die älteste Sage,
War der unschuld'ge Kinderscherz;
Doch grade diese letzten Tage
Fiel er mit einmal mir aufs Herz:
Da sind sie ja, nach allen Stücken,
Die neupoetischen Katholiken!

Die Freuden.

Es flattert um die Quelle
Die wechselnde Libelle;
Mich freut sie lange schon;
Bald dunkel und bald helle,
Wie der Chamäleon:
Bald rot, bald blau,
Bald blau, bald grün;
O, daß ich in der Nähe
Doch ihre Farben sähe!

Sie schwirrt und schwebet, rastet nie.
Doch still, sie setzt sich an die Weiden.
Da hab' ich sie! Da hab' ich sie!
Und nun betracht' ich sie genau
Und seh' ein traurig-dunkles Blau —

So geht es dir, Zergliedrer deiner Freuden!

Gedichte.

Gedichte sind gemalte Fensterscheiben!
Sieht man vom Markt in die Kirche hinein,
Da ist alles dunkel und düster;
Und so sieht's auch der Herr Philister:
Der mag denn wohl verdrießlich sein
Und lebenslang verdrießlich bleiben.

Kommt aber nur einmal herein,
Begrüßt die heilige Kapelle!
Da ist's auf einmal farbig helle,
Geschicht' und Zierat glänzt in Schnelle,
Bedeutend wirkt ein edler Schein;
Dies wird euch Kindern Gottes taugen,
Erbaut euch und ergötzt die Augen!

Die Poesie.

Gott sandte seinen rohen Kindern
Gesetz und Ordnung, Wissenschaft und Kunst,
Begabte die mit aller Himmelsgunst,
Der Erde grasses Los zu mindern.
Sie kamen nackt vom Himmel an
Und wußten sich nicht zu benehmen;
Die Poesie zog ihnen Kleider an,
Und keine hatte sich zu schämen.

———

Amor und Psyche.

Den Musen-Schwestern fiel es ein,
Auch Psychen in der Kunst, zu dichten,
Methodice zu unterrichten;
Das Seelchen blieb prosaisch rein.
Nicht sonderlich erklang die Leier,
Selbst in der schönsten Sommernacht;
Doch Amor kommt mit Blick und Feuer:
Der ganze Kursus war vollbracht.

———

Ein Gleichnis.

Jüngst pflückt' ich einen Wiesenstrauß,
Trug ihn gedankenvoll nach Haus;
Da hatten von der warmen Hand
Die Kronen sich alle zur Erde gewandt.
Ich setzte sie in frisches Glas,
Und welch ein Wunder war mir das!
Die Köpfchen hoben sich empor,
Die Blätterstengel im grünen Flor;
Und allzusammen so gesund,
Als stünden sie noch auf Muttergrund.

So war mir's, als ich wundersam
Mein Lied in fremder Sprache vernahm.

———

Fliegentod.

Sie saugt mit Gier verrätrisches Getränke
Unabgesetzt, vom ersten Zug verführt;
Sie fühlt sich wohl, und längst sind die Gelenke
Der zarten Beinchen schon paralysiert;

Nicht mehr gewandt, die Flügelchen zu putzen,
Nicht mehr geschickt, das Köpfchen aufzustutzen —
Das Leben so sich im Genuß verliert.
Zum Stehen kaum wird noch das Füßchen taugen;
So schlürft sie fort, und mitten unterm Saugen
Umnebelt ihr der Tod die tausend Augen.

Am Flusse.

Wenn du am breiten Flusse wohnst,
Seicht stockt er manchmal auch vorbei;
Dann, wenn du deine Wiesen schonst,
Herüber schlemmt er, es ist ein Brei.

Am klaren Tag hinab die Schiffe,
Der Fischer weißlich streicht hinan;
Nun starret Eis am Kies und Riffe,
Das Knabenvolk ist Herr der Bahn.

Das mußt du sehn und unterweilen
Doch immer, was du willst, vollziehn!
Nicht stocken darfst du, vor nicht eilen;
Die Zeit, sie geht gemessen hin.

Fuchs und Kranich.

Zwei Personen, ganz verschieden,
Luden sich bei mir zu Tafel,
Diesmal lebten sie in Frieden,
Fuchs und Kranich, sagt die Fabel.

Beiden macht' ich was zurechte,
Rupfte gleich die jüngsten Tauben;
Weil er von Schakals Geschlechte,
Legt' ich bei geschwollne Trauben.

Langgehälstes Glasgefäße
Setzt' ich ungesäumt dagegen,
Wo sich klar im Elemente
Gold= und Silberfischlein regen.

Hättet ihr den Fuchs gesehen
Auf der flachen Schüssel hausen,
Neidisch müßtet ihr gestehen:
Welch ein Appetit zum Schmausen!

Wenn der Vogel, ganz bedächtig,
Sich auf einem Fuße wiegte,
Hals und Schnabel, zart und schmächtig,
Zierlich nach den Füßlein schmiegte.

Dankend freuten sie beim Wandern
Sich der Tauben, sich der Fischchen;
Jeder spottete des andern,
Als genährt am Katzentischchen.

*

Willst nicht Salz und Schmalz verlieren,
Mußt, gemäß den Urgeschichten,
Wenn die Leute willst gastieren,
Dich nach Schnauz' und Schnabel richten.

Fuchs und Jäger.

Schwer, in Waldes Busch und Buchse
Füchsen auf die Spur gelangen;
Hält's der Jäger mit dem Fuchse,
Ist's unmöglich, ihn zu fangen.

Und so wäre manches Wunder
Wie A B, Ab auszusprechen,
Ueber welches wir jetzunder
Kopf und Hirn im Kopf zerbrechen.

Beruf des Storchs.

Der Storch, der sich von Frosch und Wurm
An unserm Teiche nähret,
Was nistet er auf dem Kirchenturm,
Wo er nicht hingehöret?

Dort klappt und klappert er genung,
Verdrießlich anzuhören;
Doch wagt es weder Alt noch Jung,
Ihm in das Nest zu stören.

Wodurch — gesagt mit Reverenz —
Kann er sein Recht beweisen?
Als durch die löbliche Tendenz,
Aufs Kirchendach zu ?

Die Frösche.

Ein großer Teich war zugefroren;
Die Fröschlein, in der Tiefe verloren,
Durften nicht ferner quaken noch springen,
Versprachen sich aber, im halben Traum,
Fänden sie nur da oben Raum,
Wie Nachtigallen wollten sie singen.
Der Tauwind kam, das Eis zerschmolz,
Nun ruderten sie und landeten stolz
Und saßen am Ufer weit und breit
Und quakten wie vor alter Zeit.

Die Hochzeit.

Im Dorfe war ein groß Gelag,
Man sagt', es sei ein Hochzeittag.
Ich zwängte mich in den Schenkensaal,
Da drehten die Pärchen allzumal,
Ein jedes Mädchen mit seinem Licht;
Da gab es manch verliebt Gesicht.
Nun fragt' ich endlich nach der Braut —
Mich einer starr ins Angesicht schaut:
„Das mögt Ihr von einem andern hören!
Wir aber tanzen ihr zu Ehren,
Wir tanzen schon drei Tag und Nacht,
Und hat noch niemand an sie gedacht."

Will einer im Leben um sich schauen,
Dergleichen wird man ihm viel vertrauen.

Begräbnis.

Ein Mägdlein trug man zur Thür hinaus
Zu Grabe;
Die Bürger schauten zum Fenster heraus,
Sie saßen eben in Saus und Braus
Auf Gut und Habe.
Da dachten sie: man trägt sie hinaus,
Trägt man uns nächstens auch hinaus,
Und wer denn endlich bleibt im Haus,
Hat Gut und schöne Gaben:
Es muß sie doch einer haben.

Drohende Zeichen.

Tritt in recht vollem klaren Schein
Frau Venus am Abendhimmel herein,
Oder daß blutrot ein Komet
Gar rutengleich durch Sterne steht,
Der Philister springt zur Thüre heraus:
„Der Stern steht über meinem Haus!
O weh! das ist mir zu verfänglich!" —
Da ruft er seinem Nachbar bänglich:
„Ach, seht, was mir ein Zeichen dräut,
Das gilt fürwahr uns arme Leut'!
Meine Mutter liegt am bösen Keuch,
Mein Kind am Wind und schwerer Seuch,
Meine Frau, fürcht' ich, will auch erkranken,
Sie thät schon seit acht Tag nicht zanken,
Und andre Dinge nach Bericht!
Ich fürcht', es kommt das jüngste Gericht."

Der Nachbar spricht: „Ihr habt wohl recht,
Es geht uns diesmal allen schlecht.
Doch laßt uns ein paar Gassen gehen,
Da seht Ihr, wie die Sterne stehen:
Sie deuten hier, sie deuten dort.
Bleibe jeder weislich an seinem Ort
Und thue das Beste, was er kann,
Und leide wie ein andrer Mann."

Die Käufer.

Zu der Apfelverkäuferin
Kamen Kinder gelaufen,
Alle wollten kaufen;
Mit munterm Sinn
Griffen sie aus dem Haufen,
Beschauten mit Verlangen
Nah und näher rotbäckige Wangen —
Sie hörten den Preis
Und warfen sie wieder hin,
Als wären sie glühend heiß.

Was der für Käufer haben sollte,
Der Ware gratis geben wollte!

Das Bergdorf.

Jetzt war das Bergdorf abgebrannt;
Sieh nur, wie schnell sich das ermannt!
Steht alles wieder in Brett und Schindeln,
Die Kinder liegen in Wieg' und Windeln:
Wie schön ist's, wenn man Gott vertraut.

„Neuer Scheiterhaufen ist aufgebaut,
Daß, wenn es Funken und Wind gefiele,
Gott selbst verlör' in solchem Spiele."

———

Symbole.

Im Vatikan bedient man sich
Palmsonntags echter Palmen,
Die Kardinäle beugen sich
Und singen alte Psalmen.
Dieselben Psalmen singt man auch,
Oelzweiglein in den Händen,
Muß im Gebirg zu diesem Brauch
Stechpalmen gar verwenden;
Zuletzt, man will ein grünes Reis,
So nimmt man Weidenzweige,
Damit der Fromme Lob und Preis
Auch im Geringsten zeige.
Und habt ihr euch das wohl gemerkt,
Gönnt man euch das Bequeme,
Wenn ihr im Glauben euch bestärkt;
Das sind Mythologeme.

———

Drei Palinodien.

1.

„— Weihrauch ist nur ein Tribut für Götter
Und für die Sterblichen ein Gift."

Soll denn dein Opferrauch
Die Götter kränken?
Du hältst die Nase zu —
Was soll ich denken?
Den Weihrauch schätzet man
Vor allen Dingen;

Wer ihn nicht riechen kann,
Soll ihn nicht bringen.
 Mit starrem Angesicht
Verehrst du Puppen;
Und riecht der Priester nicht,
So hat Gott den Schnuppen.

2.
Geist und Schönheit im Streit.

Herr Geist, der allen Respekt verdient,
Und dessen Gunst wir höchlich schätzen,
Vernimmt, man habe sich erkühnt,
Die Schönheit über ihn zu setzen;
Er macht daraus ein großes Wesen.
Da kommt Herr Hauch, uns längst bekannt
Als würdiger Geistsrepräsentant,
Fängt an, doch leider nicht galant,
Dem Luderchen den Text zu lesen.
Das rührt den Leichtsinn nicht einmal,
Sie läuft gleich zu dem Prinzipal:
Ihr seid ja sonst gewandt und klug,
Ist denn die Welt nicht groß genug!
Ich laß' Euch, wenn Ihr trutzt, im Stich;
Doch seid Ihr weise, so liebt Ihr mich.
Seid versichert, im ganzen Jahr
Gibt's nicht wieder so ein hübsches Paar.

<center>"Ἄλλως.</center>

Die Schönheit hatte schöne Töchter,
Der Geist erzeugte dumme Söhne,
So war für einige Geschlechter
Der Geist nicht ewig, doch das Schöne.
Der Geist ist immer Autochthone.
So kam er wieder, wirkte, strebte
Und fand, zu seinem höchsten Lohne,
Die Schönheit, die ihn frisch belebte.

3.
Regen und Regenbogen.

Auf schweres Gewitter und Regenguß
Blickt' ein Philister zum Beschluß
Ins weiterziehende Grause nach
Und so zu seinesgleichen sprach:
Der Donner hat uns sehr erschreckt,
Der Blitz die Scheunen angesteckt,

Und das war unsrer Sünden Teil!
Dagegen hat, zu frischem Heil,
Der Regen fruchtbar uns erquickt
Und für den nächsten Herbst beglückt.
Was kommt nun aber der Regenbogen
An grauer Wand herangezogen?
Der mag wohl zu entbehren sein,
Der bunte Trug! der leere Schein!

Frau Iris aber dagegen sprach:
Erkühnst du dich zu meiner Schmach?
Doch bin ich hier ins All gestellt
Als Zeugnis einer bessern Welt,
Für Augen, die vom Erdenlauf
Getrost sich wenden zum Himmel auf
Und in der Dünste trübem Netz
Erkennen Gott und sein Gesetz.
Drum wühle du, ein andres Schwein,
Nur immer den Rüssel in den Boden hinein
Und gönne dem verklärten Blick
An meiner Herrlichkeit sein Glück.

Die Originalen.

Ich trat in meine Gartenthür,
Drei Freunde kamen, auch wohl vier,
Ich bat sie höflich zu mir ein
Und sagte: sie sollten willkommen sein;
Da in der Mitte, im heitern Saal,
Stünd' gerade ein hübsches Frühstücksmahl.
Wollt' jedem der Garten wohl gefallen,
Darin nach seiner Art zu wallen.
Der eine schlich in dichte Lauben,
Der andre kletterte nach Trauben,
Sein Bruder nach hohen Aepfeln schielt',
Die er für ganz vortrefflich hielt.
Ich sagte: die stünden alle frisch
Zusammen drin auf rundem Tisch
Und wären ihnen gar schön empfohlen.
Sie aber wollten sie selber holen;
Auch war der letzte, wie eine Maus,
Fort! wohl zur Hinterthür hinaus.
Ich aber ging zum Saal hinein,
Verzehrte mein Frühstück ganz allein.

Immer schön.

Zu Regenschauer und Hagelschlag
Gesellt sich liebeloser Tag.
Da birgst du deinen Schimmer;
Ich klopf' ans Fenster, poch' ans Thor:
Komm, liebstes Seelchen, komm hervor!
Du bist so schön wie immer.

Bildung.

„Von wem auf Lebens= und Wissens=Bahnen
Wardst du genährt und befestet?
Zu fragen sind wir beauftragt."

Ich habe niemals danach gefragt,
Von welchen Schnepfen und Fasanen,
Kapaunen und Welschenhahnen
Ich mein Bäuchelchen gemästet.

So bei Pythagoras, bei den Besten
Saß ich unter zufriednen Gästen;
Ihr Frohmahl hab' ich unverdrossen
Niemals bestohlen, immer genossen.

Eins wie's andre.

Die Welt ist ein Sardellensalat;
Er schmeckt uns früh, er schmeckt uns spat:
Zitronenscheibchen rings umher,
Dann Fischlein, Würstlein, und was noch mehr
In Essig und Oel zusammenrinnt,
Kapern, so künftige Blumen sind —
Man schluckt sie zusammen wie ein Gesind.

Valet.

Sonst war ich Freund von Narren,
Ich rief sie ins Haus herein:
Brachte jeder seinen Sparren,
Wollten Zimmermeister sein.
Wollten mir das Dach abtragen,
Ein andres setzen hinauf,

Sie legten das Holz zu Schragen
Und nahmen's wieder auf.
Und rannten hin und wieder
Und stießen einander an;
Das fuhr mir in die Glieder,
Daß ich den Frost gewann.
Ich sagt': Hinaus, ihr Narren!
Sie ärgerten sich drob;
Nahm jeder seinen Sparren,
Der Abschied, der war grob.

Daher bin ich belehret,
Ich sitze nun an der Thür;
Wenn einer sich zu mir kehret:
Geh, ruf' ich, für und für!
Du bist ein Narr, so greulich! —
Da macht er ein flämisch Gesicht!
„Du, Hausherr! Wie abscheulich!
Was gibst dir für ein Gewicht!
Wir faseln ja durch die Straßen,
Wir jubeln auf dem Markt,
Wird einer, wegen Unmaßen,
Gar selten angequarkt.
Du sollst uns gar nichts heißen!"

＊

Nun endet meine Qual!
Denn gehn sie vor die Thüre,
Es ist besser als in den Saal.

Ein Meister einer ländlichen Schule.

I.

Ein Meister einer ländlichen Schule
Erhub sich einst von seinem Stuhle
Und hatte fest sich vorgenommen,
In bessere Gesellschaft zu kommen;
Deswegen er im nahen Bad
In den sogenannten Salon eintrat.
Verblüfft war er gleich an der Thür,
Als wenn's ihm zu vornehm widerführ';
Macht' daher dem ersten Fremden rechts
Einen tiefen Bückling, es war nichts Schlechts;
Aber hinten hätt er nicht vorgesehn,
Daß da auch wieder Leute stehn,

Gab einem zur Linken in den Schoß
Mit seinem Hintern einen derben Stoß.
Das hätt' er schnell gern abgebüßt;
Doch, wie er eilig den wieder begrüßt,
So stößt er rechts einen andern an,
Er hat wieder jemand was Leids gethan.
Und wie er's diesem wieder abbittet,
Er's wieder mit einem andern verschüttet.
Und komplimentiert sich zu seiner Qual
Von hinten und vorn so durch den Saal,
Bis ihm endlich ein derber Geist
Ungeduldig die Thüre weist.

Möge doch mancher in seinen Sünden
Hievon die Nutzanwendung finden.

II.

Da er nun seine Straße ging,
Dacht' er: ich machte mich zu gering;
Will mich aber nicht weiter schmiegen;
Denn wer sich grün macht, den fressen die Ziegen.
So ging er gleich frisch querfeldein,
Und zwar nicht über Stock und Stein,
Sondern über Aecker und gute Wiesen,
Zertrat das alles mit latschen Füßen.

Ein Besitzer begegnet ihm so
Und fragt nicht weiter, wie? noch wo?
Sondern schlägt ihn tüchtig hinter die Ohren.

Bin ich doch gleich wie neugeboren!
Ruft unser Wandrer hochentzückt.
Wer bist du, Mann, der mich beglückt?
Möchte mich Gott doch immer segnen,
Daß mir so fröhliche Gesellen begegnen!

Legende vom Hufeisen.

Als noch, verkannt und sehr gering,
Unser Herr auf der Erde ging
Und viele Jünger sich zu ihm fanden,
Die sehr selten sein Wort verstanden,
Liebt' er sich gar über die Maßen,
Seinen Hof zu halten auf der Straßen,

Weil unter des Himmels Angesicht
Man immer besser und freier spricht.
Er ließ sie da die höchsten Lehren
Aus seinem heiligen Munde hören;
Besonders durch Gleichnis und Exempel
Macht' er einen jeden Markt zum Tempel.

So schlendert' er in Geistes Ruh
Mit ihnen einst einem Städtchen zu,
Sah etwas blinken auf der Straß,
Das ein zerbrochen Hufeisen was.
Er sagte zu Sankt Peter drauf:
Heb doch einmal das Eisen auf!
Sankt Peter war nicht aufgeräumt,
Er hatte soeben im Gehen geträumt
So was vom Regiment der Welt,
Was einem jeden wohl gefällt;
Denn im Kopf hat das keine Schranken;
Das waren so seine liebsten Gedanken.
Nun war der Fund ihm viel zu klein,
Hätte müssen Kron' und Zepter sein;
Aber wie sollt' er seinen Rücken
Nach einem halben Hufeisen bücken?
Er also sich zur Seite kehrt
Und thut, als hätt' er's nicht gehört.

Der Herr, nach seiner Langmut, drauf
Hebt selber das Hufeisen auf
Und thut auch weiter nicht dergleichen.
Als sie nun bald die Stadt erreichen,
Geht er vor eines Schmiedes Thür,
Nimmt von dem Mann drei Pfennig dafür.
Und als sie über den Markt nun gehen,
Sieht er daselbst schöne Kirschen stehen,
Kauft ihrer so wenig oder so viel,
Als man für einen Dreier geben will,
Die er sodann nach seiner Art
Ruhig im Aermel aufbewahrt.

Nun ging's zum andern Thor hinaus,
Durch Wies' und Felder ohne Haus,
Auch war der Weg von Bäumen bloß;
Die Sonne schien, die Hitz' war groß,
So daß man viel an solcher Stätt'
Für einen Trunk Wasser gegeben hätt'.

Der Herr geht immer voraus vor allen,
Läßt unversehens eine Kirsche fallen.
Sankt Peter war gleich dahinter her,
Als wenn es ein goldner Apfel wär';
Das Beerlein schmeckte seinem Gaum.
Der Herr, nach einem kleinen Raum.
Ein ander Kirschlein zur Erde schickt,
Wornach Sankt Peter schnell sich bückt.
So läßt der Herr ihn seinen Rücken
Gar vielmal nach den Kirschen bücken.
Das dauert eine ganze Zeit;
Dann sprach der Herr mit Heiterkeit:
Thätst du zur rechten Zeit dich regen,
Hättst du's bequemer haben mögen.
Wer geringe Ding' wenig acht't,
Sich um geringere Mühe macht.

Epigrammatisch.

Sei das Werke solcher Sendung
Tiefen Sinnes heitre Wendung.

Das Sonett.

Sich in erneutem Kunstgebrauch zu üben,
Ist heil'ge Pflicht, die wir dir auferlegen:
Du kannst dich auch, wie wir, bestimmt bewegen
Nach Tritt und Schritt, wie es dir vorgeschrieben.

Denn eben die Beschränkung läßt sich lieben,
Wenn sich die Geister gar gewaltig regen;
Und wie sie sich denn auch gebärden mögen,
Das Werk zuletzt ist doch vollendet blieben.

So möcht' ich selbst in künstlichen Sonetten,
In sprachgewandter Maße kühnem Stolze,
Das Beste, was Gefühl mir gäbe, reimen;

Nur weiß ich hier mich nicht bequem zu betten;
Ich schneide sonst so gern aus ganzem Holze,
Und müßte nun doch auch mitunter leimen.

Natur und Kunst.

Natur und Kunst, sie scheinen sich zu fliehen
Und haben sich, eh man es denkt, gefunden;
Der Widerwille ist auch mir verschwunden,
Und beide scheinen gleich mich anzuziehen.

Es gilt wohl nur ein redliches Bemühen!
Und wenn wir erst in abgemeßnen Stunden
Mit Geist und Fleiß uns an die Kunst gebunden,
Mag frei Natur im Herzen wieder glühen.

So ist's mit aller Bildung auch beschaffen:
Vergebens werden ungebundne Geister
Nach der Vollendung reiner Höhe streben.

Wer Großes will, muß sich zusammenraffen;
In der Beschränkung zeigt sich erst der Meister,
Und das Gesetz nur kann uns Freiheit geben.

Vorschlag zur Güte.

Er.
Du gefällst mir so wohl, mein liebes Kind,
Und wie wir hier bei einander sind,
So möcht' ich nimmer scheiden;
Da wär' es wohl uns beiden.

Sie.
Gefall' ich dir, so gefällst du mir;
Du sagst es frei, ich sag' es dir.
Eh nun! heiraten wir eben!
Das Uebrige wird sich geben.

Er.
Heiraten, Engel, ist wunderlich Wort;
Ich meint', da müßt' ich gleich wieder fort.

Sie.
Was ist's denn so großes Leiden?
Geht's nicht, so lassen wir uns scheiden.

Vertrauen.

A.
Was trägst du mir und thust so groß?

B.
„Hab' ich doch ein köstlich Liebchen!" —

A.

So weis' mir sie doch! Wer ist sie denn?
Die kennt wohl manches Bübchen!

B.

„Kennst du sie denn, du Lumpenhund?" —

A.

Das will ich grad' nicht sagen;
Doch hat sie wohl auch zu guter Stund'
Dem und jenem nichts abgeschlagen.

B.

„Wer ist denn der Der und der Jener denn?
Das sollst du mir bekennen!
Ich schlage dir gleich den Schädel ein,
Wenn du sie mir nicht kannst nennen!"

A.

Und schlügst du mir auch den Schädel ein,
Da könnt' ich ja nimmer reden;
Und wenn du denkst: „Mein Schätzel ist gut!"
Ist weiter ja nichts von nöten.

Stoßseufzer.

Ach, man sparte viel,
Seltner wäre verrückt das Ziel,
Wär' weniger Dumpfheit, vergebenes Sehnen,
Ich könnte viel glücklicher sein —
Gäb's nur keinen Wein
Und keine Weiberthränen!

Erinnerung.

Er.

Gedenkst du noch der Stunden,
Wo eins zum andern drang?

Sie.

Wenn ich dich nicht gefunden,
War mir der Tag so lang.

Er.

Dann, herrlich! ein Selbander,
Wie es mich noch erfreut.

Sie.

Wir irrten uns aneinander;
Es war eine schöne Zeit.

Perfektibilität.

Möcht' ich doch wohl besser sein,
Als ich bin! Was wär' es!
Soll ich aber besser sein,
Als du bist: so lehr' es!

Möcht' ich auch wohl besser sein
Als so mancher andre!
„Willst du besser sein als wir,
Lieber Freund, so wandre."

Geständnis.

Wir.

Du toller Wicht, gesteh nur offen:
Man hat dich auf manchem Fehler betroffen.

Er.

Ja wohl! doch macht' ich ihn wieder gut.

Wir.

Wie denn?

Er.

Ei, wie's ein jeder thut.

Wir.

Wie hast du denn das angefangen?

Er.

Ich hab' einen neuen Fehler begangen,
Darauf waren die Leute so verfessen,
Daß sie des alten gern vergessen.

Schneider-Kourage.

„Es ist ein Schuß gefallen!
Mein! sagt, wer schoß dadrauß'?"
Es ist der junge Jäger,
Der schießt im Hinterhaus.

Die Spatzen in dem Garten,
Die machen viel Verdruß.
Zwei Spatzen und ein Schneider,
Die fielen von dem Schuß;

Die Spatzen von den Schroten,
Der Schneider von dem Schreck;
Die Spatzen in die Schoten,
Der Schneider in den —.

Katechisation.

Lehrer.
Bedenk', o Kind! woher sind diese Gaben?
Du kannst nichts von dir selber haben.
Kind.
Ei! Alles hab' ich vom Papa.
Lehrer.
Und der, woher hat's der?
Kind.
Vom Großpapa.
Lehrer.
Nicht doch! Woher hat's denn der Großpapa bekommen?
Kind.
Der hat's genommen.

Totalität.

Ein Kavalier von Kopf und Herz
Ist überall willkommen;
Er hat mit seinem Witz und Scherz
Manch Weibchen eingenommen;

Doch wenn's ihm fehlt an Faust und Kraft,
Wer mag ihn dann beschützen?
Und wenn er keinen Hintern hat,
Wie mag der Edle sitzen?

Das garstige Gesicht.

Wenn einen würdigen Biedermann,
Pastorn oder Ratsherrn lobesan,
Die Witib läßt in Kupfer siechen
Und drunter ein Verslein rabebrechen,
Da heißt's: Seht hier mit Kopf und Ohren
Den Herrn, Ehrwürdig, Wohlgeboren!
Seht seine Augen und seine Stirn;
Aber sein verständig Gehirn,
So manch Verdienst ums gemeine Wesen,
Könnt ihr ihm nicht an der Nase lesen.

So, liebe Lotte! heißt's auch hier:
Ich schicke da mein Bildnis dir.
Magst wohl die ernste Stirne sehen,
Der Augen Glut, der Locken Wehen;
's ist ungefähr das garst'ge Gesicht:
Aber meine Liebe siehst du nicht.

Diner zu Koblenz
im Sommer 1774.

Zwischen Lavater und Basedow
Saß ich bei Tisch des Lebens froh.
Herr Helfer, der war gar nicht faul,
Setzt' sich auf einen schwarzen Gaul,
Nahm einen Pfarrer hinter sich
Und auf die Offenbarung strich,
Die uns Johannes der Prophet
Mit Rätseln wohl versiegeln that;
Eröffnet' die Siegel kurz und gut,
Wie man Theriaksbüchsen öffnen thut,
Und maß mit einem heiligen Rohr
Die Kubusstadt und das Perlenthor
Dem hocherstaunten Jünger vor.
Ich war indes nicht weit gereist,
Hatte ein Stück Salmen aufgespeist.

Vater Basedow, unter dieser Zeit,
Packt einen Tanzmeister an seiner Seit'
Und zeigt ihm, was die Taufe klar
Bei Christ und seinen Jüngern war;
Und daß sich's gar nicht ziemet jetzt,
Daß man den Kindern die Köpfe netzt.
Drob ärgert sich der andre sehr
Und wollte gar nichts hören mehr
Und sagt: es müßte ein jedes Kind,
Daß es in der Bibel anders stünd'.
Und ich behaglich unterdessen
Hätt' einen Hahnen aufgefressen.

＊

Und, wie nach Emmaus, weiter ging's
Mit Geist- und Feuerschritten,
Prophete rechts, Prophete links,
Das Weltkind in der Mitten.

Jahrmarkt zu Hünfeld,

den 26. Juli 1814.

Ich ging, mit stolzem Geists-Vertrauen,
Auf dem Jahrmarkt mich umzuschauen,
Die Käufer zu sehn an der Händler Gerüste,
Zu prüfen, ob ich noch etwas wüßte,
Wie mir's Lavater vor alter Zeit
Traulich überliefert, das ging sehr weit!
Da sah ich denn zuerst Soldaten,
Denen wär's eben zum besten geraten:
Die That und Qual, sie war geschehn,
Wollten sich nicht gleich einer neuen versehn;
Der Rock war schon der Dirne genug,
Daß sie ihm derb in die Hände schlug.
Bauer und Bürger, die schienen stumm,
Die guten Knaben beinahe dumm.
Beutel und Scheune war gefegt,
Und hatten keine Ehre eingelegt.
Erwarten alle, was da käme,
Wahrscheinlich auch nicht sehr bequeme.
Frauen und Mägdlein, in guter Ruh,
Probierten an die hölzernen Schuh';
Man sah an Mienen und Gebärden:
Sie ist guter Hoffnung, oder will es werden.

Versus memoriales.

Invocavit wir rufen laut,
Reminiscere o wär' ich Braut!
Die Oculi gehn hin und her;
Laetare drüber nicht so sehr.
O Judica uns nicht so streng!
Palmarum streuen wir die Meng'.
Auf Ostereier freun sich hie
Viel Quasi modo geniti.
Misericordias brauchen wir all',
Jubilate ist ein seltner Fall.
Cantate freut der Menschen Sinn,
Rogate bringt nicht viel Gewinn,
Exaudi uns zu dieser Frist,
Spiritus, der du der letzte bist.

Neue Heilige.

Alle schöne Sünderinnen,
Die zu Heiligen sich geweint,
Sind, um Herzen zu gewinnen,
All' in eine nun vereint.
Seht die Mutterlieb', die Thränen,
Ihre Reu' und ihre Pein!
Statt Marieen Magdalenen
Soll nun Sankt Oliva sein.

Warnung.

So wie Titania im Feen= und Zauberland
Klaus Zetteln in dem Arme fand,
So wirst du bald zur Strafe deiner Sünden
Titanien in deinen Armen finden.

Mamsell N. N.

Ihr Herz ist gleich
Dem Himmelreich;
Weil die geladnen Gäste
Nicht kamen,
Ruft sie zum Feste
Krüppel und Lahmen.

Haus-Park.

Liebe Mutter, die Gespielen
Sagen mir schon manche Zeit,
Daß ich besser sollte fühlen,
Was Natur im Freien beut.
Bin ich hinter diesen Mauern,
Diesen Hecken, diesem Buchs,
Wollen sie mich nur bedauern
Neben diesem alten Jur.

Solche schroffe grüne Wände
Ließen sie nicht länger stehn;
Kann man doch von einem Ende
Gleich bis an das andre sehn.
Von der Schere fallen Blätter,
Fallen Blüten, welch ein Schmerz!
Asmus, unser lieber Vetter,
Nennt es puren Schneiderscherz.

Stehn die Pappeln doch so prächtig
Um des Nachbars Gartenhaus;
Und bei uns wie niederträchtig
Nehmen sich die Zwiebeln aus!
Wollt ihr nicht den Wunsch erfüllen —
Ich bescheide mich ja wohl!
Heuer nur, um Gotteswillen,
Liebe Mutter, keinen Kohl!

Mädchenwünsche.

O, fände für mich
Ein Bräutigam sich!
Wie schön ist's nicht da!
Man nennt uns Mama;
Da braucht man zum Nähen,
Zur Schul' nicht zu gehen;
Da kann man befehlen,
Hat Mägde, darf schmälen;
Man wählt sich die Kleider,
Nach Gusto den Schneider;
Da läßt man spazieren,
Auf Bälle sich führen
Und fragt nicht erst lange
Papa und Mama.

Verschiedene Drohung.

Einst ging ich meinem Mädchen nach
Tief in den Wald hinein
Und fiel ihr um den Hals, und „ach!"
Droht sie, „ich werde schrei'n."

Da rief ich trotzig: Ha! ich will
Den töten, der uns stört! —
„Still!" lispelt sie, „Geliebter, still!
Daß ja dich niemand hört."

Beweggrund.

Wenn einem Mädchen, das uns liebt,
Die Mutter strenge Lehren gibt
Von Tugend, Keuschheit und von Pflicht,
Und unser Mädchen folgt ihr nicht
Und fliegt mit neuverstärktem Triebe
Zu unsern heißen Küssen hin:
So hat daran der Eigensinn
So vielen Anteil als die Liebe.

Doch wenn die Mutter es erreicht,
Daß sie das gute Herz erweicht,
Voll Stolz auf ihre Lehren sieht,
Daß uns das Mädchen spröde flieht,
So kennt sie nicht das Herz der Jugend:
Denn, wenn das je ein Mädchen thut,
So hat daran der Wankelmut
Gewiß mehr Anteil als die Tugend.

Mein Beichtiger, mein Beichtiger.

Mein Beichtiger, mein Beichtiger,
Mein Beichtiger sagt: Bruder,
Für deine Sünden faste mir
Den vollen langen Tag!

Marquita doch, Marquita doch,
Marquita sagt, mein Schätzchen:
Komm abends, komm, zum Essen komm,
Der Teufel hole den Beichtiger!

Unüberwindlich.

Hab' ich tausendmal geschworen,
Dieser Flasche nicht zu trauen,
Bin ich doch wie neu geboren,
Läßt mein Schenke fern sie schauen.
Alles ist an ihr zu loben,
Glaskristall und Purpurwein.
Wird der Pfropf herausgehoben,
Sie ist leer, und ich nicht mein.

Hab' ich tausendmal geschworen,
Dieser Falschen nicht zu trauen,
Und doch bin ich neu geboren,
Läßt sie sich ins Auge schauen.
Mag sie doch mit mir verfahren,
Wie's dem stärksten Mann geschah.
Deine Scher' in meinen Haaren,
Allerliebste Delila!

Gleich zu gleich.

Da wächst der Wein, wo's Faß ist,
Es regnet gern, wo's naß ist,
Zu Tauben fliegt die Taube,
Zur Mutter paßt die Schraube,
Der Stöpsel sucht die Flaschen,
Die Zehrung Reisetaschen,
Weil alles, was sich rühret,
Am Schluß doch harmonieret.

Denn das ist Gottes wahre Gift,
Wenn die Blüte zur Blüte trifft;
Deswegen Jungfern und Junggesellen
Im Frühling sich gar gebärdig stellen.

Vergeblich.

Erinnr' ich mich doch spät und früh
Des lieblichsten Gesichts,
Sie denkt an mich, ich denk' an sie,
Und beiden hilft es nichts.

Frech und froh.

Liebesqual verschmäht mein Herz,
Sanften Jammer, süßen Schmerz;
Nur vom Tücht'gen will ich wissen,
Heißem Aeuglen, derben Küssen.
Sei ein armer Hund erfrischt
Von der Lust, mit Pein gemischt!
Mädchen, gib der frischen Brust
Nichts von Pein und alle Lust.

Soldatentrost.

Nein! hier hat es keine Not:
Schwarze Mädchen, weißes Brot!
Morgen in ein ander Städtchen:
Schwarzes Brot und weiße Mädchen!

Problem.

Warum ist alles so rätselhaft?
Hier ist das Wollen, hier ist die Kraft;
Das Wollen will, die Kraft ist bereit,
Und daneben die schöne lange Zeit.
So seht doch hin, wo die gute Welt
Zusammenhält!
Seht hin, wo sie auseinanderfällt!

Genialisch Treiben.

So wälz' ich ohne Unterlaß,
Wie Sankt Diogenes, mein Faß.
Bald ist es Ernst, bald ist es Spaß;
Bald ist es Lieb', bald ist es Haß;
Bald ist es Dies, bald ist es Das;
Es ist ein Nichts und ist ein Was.
So wälz' ich ohne Unterlaß,
Wie Sankt Diogenes, mein Faß.

Hypochonder.

Der Teufel hol' das Menschengeschlecht!
Man möchte rasend werden!
Da nehm' ich mir so eifrig vor:
Will niemand weiter sehen,
Will all das Volk Gott und sich selbst
Und dem Teufel überlassen!
Und kaum seh' ich ein Menschengesicht,
So hab' ich's wieder lieb.

Gesellschaft.

Aus einer großen Gesellschaft heraus
Ging einst ein stiller Gelehrter zu Haus.
Man fragte: Wie seid Ihr zufrieden gewesen?
„Wären's Bücher," sagt' er, „ich würd' sie nicht lesen."

Probatum est.

A.

Man sagt: Sie sind ein Misanthrop!

B.

Die Menschen haß' ich nicht, gottlob!
Doch Menschenhaß, er blies mich an,
Da hab' ich gleich dazu gethan.

A.

Wie hat sich's denn so bald gegeben?

B.

Als Einsiedler beschloß ich zu leben.

Den Männern zu zeigen.

1. Sam. 16. Kap. 11. V.

Und Samuel sprach zu Isai: Sind das die Knaben alle?

Ach! ich war auch in diesem Falle:
Als ich die Weisen hört' und las,
Da jeder diese Welten alle
Mit seiner Menschenspanne maß;
Da fragt' ich: aber -- sind sie das,
Sind das die Knaben alle?

Ursprüngliches.

A.

Was widert dir der Trank so schal?

B.

Ich trinke gern aus dem frischen Quall.

A.

Daraus kam aber das Bächlein her!

B.

Der Unterschied ist bedeutend sehr:
's wird immer mehr fremden Schmack gewinnen;
Es mag nur immer weiter rinnen.

Den Originalen.

Ein Quidam sagt: „Ich bin von keiner Schule;
Kein Meister lebt, mit dem ich buhle;
Auch bin ich weit davon entfernt,
Daß ich von Toten was gelernt."
Das heißt, wenn ich ihn recht verstand:
„Ich bin ein Narr auf eigne Hand."

Den Zudringlichen.

Was nicht zusammen geht, das soll sich meiden!
Ich hindr' euch nicht, wo's euch beliebt, zu weiden:
Denn ihr seid neu, und ich bin alt geboren.
Macht, was ihr wollt; nur laßt mich ungeschoren!

Den Guten.

Laßt euch einen Gott begeisten,
Euch beschränket nur mein Sagen.
Was ihr könnt, ihr werdet's leisten,
Aber müßt mich nur nicht fragen.

Den Besten.

Die Abgeschiednen betracht' ich gern,
Stünd' ihr Verdienst auch noch so fern;
Doch mit den edlen lebendigen Neuen
Mag ich wetteifernd mich lieber freuen.

Lähmung.

Was Gutes zu denken, wäre gut,
Fänd' sich nur immer das gleiche Blut;
Dein Gutgedachtes, in fremden Adern,
Wird sogleich mit dir selber hadern.

*

Ich wär' noch gern ein thätig Mann,
Will aber ruhn:
Denn ich soll ja noch immer thun,
Was immer ungern ich gethan.

*

Trüge gern noch länger des Lehrers Bürden,
Wenn Schüler nur nicht gleich Lehrer würden.

Spruch, Widerspruch.

Ihr müßt mich nicht durch Widerspruch verwirren!
Sobald man spricht, beginnt man schon zu irren.

Demut.

Seh' ich die Werke der Meister an,
So seh' ich das, was sie gethan;
Betracht' ich meine Siebensachen,
Seh' ich, was ich hätt' sollen machen.

Keins von allen.

Wenn du dich selber machst zum Knecht,
Bedauert dich niemand, geht's dir schlecht;
Machst du dich aber selbst zum Herrn,
Die Leute sehn es auch nicht gern;
Und bleibst du endlich, wie du bist,
So sagen sie, daß nichts an dir ist.

Lebensart.

Ueber Wetter= und Herren=Launen
Runzle niemals die Augenbraunen;
Und bei den Grillen der hübschen Frauen
Mußt du immer vergnüglich schauen.

Vergebliche Müh.

Willst du der getreue Eckart sein
Und jedermann vor Schaden warnen,
's ist auch eine Rolle, sie trägt nichts ein:
Sie laufen dennoch nach den Garnen.

Erdingung.

Ihr laßt nicht nach, ihr bleibt dabei,
Begehret Rat, ich kann ihn geben;
Allein, damit ich ruhig sei,
Versprecht mir, ihm nicht nachzuleben.

Das Beste.

Wenn dir's in Kopf und Herzen schwirrt,
Was willst du Beßres haben!
Wer nicht mehr liebt und nicht mehr irrt,
Der lasse sich begraben.

Meine Wahl.

Ich liebe mir den heitern Mann
Am meisten unter meinen Gästen:
Wer sich nicht selbst zum besten haben kann,
Der ist gewiß nicht von den Besten.

Memento.

Kannst dem Schicksal widerstehen,
Aber manchmal gibt es Schläge;
Will's nicht aus dem Wege gehen,
Ei! so geh du aus dem Wege!

Ein andres.

Mußt nicht widerstehn dem Schicksal,
Aber mußt es auch nicht fliehen!
Wirst du ihm entgegengehen,
Wird's dich freundlich nach sich ziehen.

Breit wie lang.

Wer bescheiden ist, muß dulden,
Und wer frech ist, der muß leiden;
Also wirst du gleich verschulden,
Ob du frech seist, ob bescheiden.

Lebensregel.

Willst du dir ein hübsch Leben zimmern,
Mußt dich ums Vergangne nicht bekümmern;
Das Wenigste muß dich verdrießen;
Mußt stets die Gegenwart genießen,
Besonders keinen Menschen hassen
Und die Zukunft Gott überlassen.

Frisches Ei, gutes Ei.

Enthusiasmus vergleich' ich gern
Der Auster, meine lieben Herrn,
Die, wenn ihr sie nicht frisch genoßt,
Wahrhaftig ist eine schlechte Kost.
Begeistrung ist keine Heringsware,
Die man einpökelt auf einige Jahre.

Selbstgefühl.

Jeder ist doch auch ein Mensch! —
Wenn er sich gewahret,
Sieht er, daß Natur an ihm
Wahrlich nicht gesparet.
Daß er manche Lust und Pein
Trägt als Er und eigen;
Sollt' er nicht auch hinterdrein
Wohlgemut sich zeigen?

Rätsel.

1.

Ein Bruder ist's von vielen Brüdern,
In allem ihnen völlig gleich,
Ein nötig Glied von vielen Gliedern
In eines großen Vaters Reich;

Jedoch erblickt man ihn nur selten,
Fast wie ein eingeschobnes Kind:
Die andern lassen ihn nur gelten
Da, wo sie unvermögend sind.

2.

Ein Werkzeug ist es, alle Tage nötig,
Den Männern weniger, den Frauen viel,
Zum treusten Dienste gar gelind erbötig,
Im einen vielfach, spitz und scharf. Sein Spiel
Gern wiederholt, wobei wir uns bescheiden:
Von außen glatt, wenn wir von innen leiden.
Doch Spiel und Schmuck erquickt uns nur aufs neue,
Erteilte Lieb' ihm erst gerechte Weihe.

3.

Die besten Freunde, die wir haben,
Sie kommen nur mit Schmerzen an,
Und was sie uns für Weh gethan,
Ist fast so groß als ihre Gaben.
Und wenn sie wieder Abschied nehmen,
Muß man zu Schmerzen sich bequemen.

4.

Viel Männer sind hoch zu verehren,
Wohlthätige durch Werk und Lehren;
Doch wer uns zu erstatten wagt,
Was die Natur uns ganz versagt,
Den darf ich wohl den Größten nennen:
Ich denke doch, ihr müßt ihn kennen?

Die Jahre.

Die Jahre sind allerliebste Leut':
Sie brachten gestern, sie bringen heut,
Und so verbringen wir Jüngern eben
Das allerliebste Schlaraffen-Leben.
Und dann fällt's den Jahren auf einmal ein,
Nicht mehr, wie sonst, bequem zu sein;
Wollen nicht mehr schenken, wollen nicht mehr borgen,
Sie nehmen heute, sie nehmen morgen.

Das Alter.

Das Alter ist ein höflich Mann,
Ein Mal übers andre klopft er an,
Aber nun sagt niemand: Herein!
Und vor der Thüre will er nicht sein.
Da klinkt er auf, tritt ein so schnell,
Und nun heißt's, er sei ein grober Gesell.

Grabschrift.

Als Knabe verschlossen und trutzig,
Als Jüngling anmaßlich und stutzig,
Als Mann zu Thaten willig,
Als Greis leichtsinnig und grillig! —
Auf deinem Grabstein wird man lesen:
Das ist fürwahr ein Mensch gewesen!

Frühling 1818.

Das ist einmal ein Philister-Jahr!
Sie sind zufrieden ganz und gar
Und preisen Gott mit großem Geschrei,
Daß er wieder einmal vernünftig sei.
Es ging ihnen aber oft so schlecht,
Sie trauen ihm diesmal auch nicht recht.

Paulo post futuri.

Weinet nicht, geliebte Kinder!
Daß ihr nicht geboren seid!
Eure Thränen, eure Schmerzen
Thun dem Vaterherzen leid.
Bleibt nur noch ein kleines Weilchen
Ungezeugt im stillen ruhn!
Kann es nicht der gute Vater,
Wird es eure Mutter thun.

Beispiel.

Wenn ich 'mal ungeduldig werde,
Denk' ich an die Geduld der Erde,

Die, wie man sagt, sich täglich dreht
Und jährlich so wie jährlich geht.
Bin ich denn für was andres da? —
Ich folge der lieben Frau Mama.

Umgekehrt.

Sind die im Unglück, die wir lieben,
Das wird uns wahrlich baß betrüben;
Sind aber glücklich, die wir hassen,
Das will sich gar nicht begreifen lassen;
Umgekehrt ist's ein Jubilo,
Da sind wir lieb'= und schadenfroh.

Fürstenregel.

Sollen die Menschen nicht denken und dichten,
Müßt ihr ihnen ein lustig Leben errichten;
Wollt ihr ihnen aber wahrhaft nützen,
So müßt ihr sie scheren und sie beschützen.

Lug oder Trug?

Darf man das Volk betrügen?
Ich sage nein!
Doch willst du sie belügen,
So mach' es nur nicht fein.

Egalité.

Das Größte will man nicht erreichen,
Man beneidet nur seinesgleichen;
Der schlimmste Neidhart ist in der Welt,
Der jeden für seinesgleichen hält.

Wie du mir, so ich dir.

Mann mit zugeknöpften Taschen,
Dir thut niemand was zulieb:
Hand wird nur von Hand gewaschen;
Wenn du nehmen willst, so gib!

Zeit und Zeitung.

A.

Sag' mir, warum dich keine Zeitung freut?

B.

Ich liebe sie nicht, sie dienen der Zeit.

Zeichen der Zeit.

Hör' auf die Worte harum horum:
Ex tenui Spes Seculorum.
Willst du die harum horum kennen,
Jetzt werden sie dir sich selber nennen.

Kommt Zeit, kommt Rat.

Wer will denn alles gleich ergründen!
Sobald der Schnee schmilzt, wird sich's finden.

*

Hier hilft nun weiter kein Bemühn!
Sind Rosen, und sie werden blühn.

National-Versammlung.

Auf der recht= und linken Seite,
Auf dem Berg und in der Mitten,
Sitzen, stehen sie zum Streite,
All einander ungelitten.

Wenn du dich ans Ganze wendest
Und votierst, wie du sinnest,
Merke, welchen du entfremdest,
Fühle, wen du dir gewinnest.

Dem 31. Oktober 1817.

Dreihundert Jahre hat sich schon
Der Protestant erwiesen,
Daß ihn von Papst= und Türkenthron
Befehle baß verdrießen.

Was auch der Pfaffe sinnt und schleicht,
Der Prediger steht zur Wache,
Und daß der Erbfeind nichts erreicht,
Ist aller Deutschen Sache.

Auch ich soll gottgegebne Kraft
Nicht ungenützt verlieren
Und will in Kunst und Wissenschaft
Wie immer protestieren.

Dreifaltigkeit.

Der Vater ewig in Ruhe bleibt,
Er hat der Welt sich einverleibt.

Der Sohn hat Großes unternommen:
Die Welt zu erlösen, ist er gekommen;
Hat gut gelehrt und viel ertragen,
Wunder noch heut in unsern Tagen.

Nun aber kommt der heilig Geist,
Er wirkt an Pfingsten allermeist.
Woher er kommt, wohin er weht,
Das hat noch niemand ausgespäht.
Sie geben ihm nur eine kurze Frist,
Da er doch Erst= und Letzter ist.

Deswegen wir treulich, unverstohlen
Das alte Credo wiederholen:
Anbetend sind wir all bereit
Die ewige Dreifaltigkeit.

Kestners Agape.

Von deinem Liebesmahl
Will man nichts wissen:
Für einen Christen ist's
Ein böser Bissen.

Denn kaum verläßt der Herr
Die Grabestücher,
Gleich schreibt ein Schelmenvolk
Absurde Bücher.

Gewinnen gegen dich
Die Philologen,
Das hilft uns alles nichts;
Wir sind betrogen.

Nativität.

Der Deutsche ist gelehrt,
Wenn er sein Deutsch versteht;
Doch bleib' ihm unverwehrt,
Wenn er nach außen geht.
Er komme dann zurück,
Gewiß um viel gelehrter;
Doch ist's ein großes Glück,
Wenn nicht um viel verkehrter.

Das Parterre spricht.

Strenge Fräulein zu begrüßen,
Muß ich mich bequemen;
Mit den liederlichen Süßen
Werd' ich's leichter nehmen.

Auf der Bühne lieb' ich droben
Keine Redumschweife;
Soll ich denn am Ende loben,
Was ich nicht begreife?

Lose, faßliche Gebärden
Können mich verführen;
Lieber will ich schlechter werden,
Als mich ennuyieren.

Auf den Kauf.

Wo ist einer, der sich quälet
Mit der Last, die wir getragen?
Wenn es an Gestalten fehlet,
Ist ein Kreuz geschwind geschlagen.

Pfaffenhelden singen sie,
Frauen wohl empfohlen,
Oberleder bringen sie,
Aber keine Sohlen.

Jung' und Alte, Groß und Klein,
Gräßliches Gelichter!
Niemand will ein Schuster sein,
Jedermann ein Dichter.

Alle kommen sie gerennt,
Möchten's gerne treiben;
Doch, wer keinen Leisten kennt,
Wird ein Pfuscher bleiben.

Willst du das verfluchte Zeug
Auf dem Markte kaufen,
Wirst du, eh es möglich deucht,
Wirst du barfuß laufen.

Ins Einzelne.

Seit vielen Jahren hab' ich still
Zu eurem Thun geschwiegen,
Das sich am Tag und Tages-Will
Gefällig mag vergnügen.

Ihr denkt, woher der Wind auch weht.
Zu Schaden und Gewinne,
Wenn es nach eurem Sinne geht,
Es ging' nach einem Sinne.

Du segelst her, der andre hin,
Die Woge zu erproben,
Und was erst eine Flotte schien,
Ist ganz und gar zerstoben.

Ins Weite.

Das geht so fröhlich
Ins allgemeine!
Ist leicht und selig,
Als wär's auch reine.
Sie wissen gar nichts
Von stillen Riffen;
Und wie sie schiffen,
Die lieben Heitern,
Sie werden, wie gar nichts,
Zusammen scheitern.

Kronos als Kunstrichter.

Saturnus eigne Kinder frißt,
Hat irgend kein Gewissen;
Ohne Senf und Salz und, wie ihr wißt,
Verschlingt er euch den Bissen.

Shakspearen sollt' es auch ergehn
Nach hergebrachter Weise: —
Den hebt mir auf, sagt Polyphem,
Daß ich zuletzt ihn speise.

Grundbedingung.

Sprichst du von Natur und Kunst,
Habe beide stets vor Augen:
Denn was will die Rede taugen
Ohne Gegenwart und Gunst!

Eh du von der Liebe sprichst,
Laß sie erst im Herzen leben,
Eines holden Angesichts
Phosphorglanz dir Feuer geben.

Jahr aus Jahr ein.

Ohne Schrittschuh und Schellengeläut
Ist der Januar ein böses Heut.

*

Ohne Fastnachtstanz und Mummenspiel
Ist am Februar auch nicht viel.

*

Willst du den März nicht ganz verlieren,
So laß nicht in April dich führen.

*

Den ersten April mußt überstehn,
Dann kann dir manches Guts geschehn.

*

Und weiterhin im Mai, wenn's glückt,
Hat dich wieder ein Mädchen berückt.

*

Und das beschäftigt dich so sehr,
Zählst Tage, Wochen und Monde nicht mehr.

Nett und niedlich.

Hast du das Mädchen gesehn
Flüchtig vorübergehn?
Wollt', sie wär' meine Braut!

Ja wohl, die Blonde, die Falbe!
Sie fittigt so zierlich wie die Schwalbe,
Die ihr Nest baut.

*

Du bist mein und bist so zierlich,
Du bist mein und so manierlich,
Aber etwas fehlt dir noch;
Küssest mit so spitzen Lippen,
Wie die Tauben Wasser nippen;
Allzu zierlich bist du doch.

Für Sie.

„In deinem Liebe walten
Gar manche schöne Namen!"
Sind mancherlei Gestalten,
Doch nur ein Rahmen.

„Nun aber die Schöne,
Die dich im Herzen hegte?"
Jede kennt die Töne,
Die sie erregte.

Genug.

Immer niedlich, immer heiter,
Immer lieblich und so weiter,
Stets natürlich, aber klug:
Nun, das, dächt' ich, wär' genug.

Stets derselbe.

Wenn ich auf dem Markte geh'
Durchs Gedränge
Und das hübsche Mädchen seh'
In der Menge:

Geh' ich hier, sie kommt heran,
Aber drüben;
Niemand sieht uns beiden an,
Wie wir lieben.

„Alter, hörst du noch nicht auf!
Immer Mädchen!
In dem jungen Lebenslauf
War's ein Käthchen.
Welche jetzt den Tag versüßt?
Sag's mit Klarheit."
Seht nur hin, wie sie mich grüßt,
Es ist die Wahrheit!

Den Absolutisten.

„Wir streben nach dem Absoluten,
Als nach dem allerhöchsten Guten."
Ich stell' es einem jeden frei;
Doch merk' ich mir vor andern Dingen:
Wie unbedingt, uns zu bedingen,
Die absolute Liebe sei.

Feindseliger Blick.

„Du kommst doch über so viele hinaus,
Warum bist du gleich außerm Haus,
Warum gleich aus dem Häuschen,
Wenn einer dir mit Brillen spricht?
Du machst ein ganz verflucht Gesicht
Und bist so still wie Mäuschen."

Das scheint doch wirklich sonnenklar!
Ich geh' mit Zügen frei und bar,
Mit freien, treuen Blicken;
Der hat eine Maske vorgethan,
Mit Späherblicken kommt er an,
Darein sollt' ich mich schicken?

*

Was ist denn aber beim Gespräch,
Das Herz und Geist erfüllet,
Als daß ein echtes Wortgepräg'
Von Aug' zu Auge quillet!

Kommt jener nun mit Gläsern dort,
So bin ich stille, stille;
Ich rede kein vernünftig Wort
Mit einem durch die Brille.

Vielrat.

Spricht man mit jedermann,
Da hört man keinen,
Stets wird ein andrer Mann
Auch anders meinen.
Was wäre Rat sodann
Vor unsern Ohren?
Kennst du nicht Mann für Mann:
Du bist verloren.

Sprache.

Was reich und arm! Was stark und schwach!
Ist reich vergrabner Urne Bauch!
Ist stark das Schwert im Arsenal?
Greif milde drein, und freundlich Glück
Fließt, Gottheit, von dir aus!
Faß' an zum Siege, Macht, das Schwert,
Und über Nachbarn Ruhm!

Kein Vergleich.

Befrei' uns Gott von s und ung,
Wir können sie entbehren,
Doch wollen wir durch Musterung
Nicht uns noch andre scheren.

Es schreibt mir einer: den Vergleich
Von Deutschen und Franzosen,
Und jeder Patriot sogleich
Wird heftig sich erbosen.

Kein Christenmensche hört ihm zu;
Ist denn der Kerl bei Sinnen?
Vergleichung aber läßt man zu,
Da müssen wir gewinnen.

Etymologie.

(Spricht Mephistopheles.)

Ars Ares wird der Kriegesgott genannt,
Ars heißt die Kunst, und ist auch bekannt.
Welch ein Geheimniß liegt in diesen Wundertönen!
Die Sprache bleibt ein reiner Himmelshauch,
Empfunden nur von stillen Erdensöhnen;
Fest liegt der Grund, bequem ist der Gebrauch,
Und wo man wohnt, da muß man sich gewöhnen.
Wer fühlend spricht, beschwätzt nur sich allein;
Wie anders, wenn der Glocke Bimbam bammelt,
Drängt alles zur Versammlung sich hinein.
Von Können kommt die Kunst, die Schönheit kommt vom Schein.
So wird erst nach und nach die Sprache festgerammelt,
Und was ein Volk zusammen sich gestammelt,
Muß ewiges Gesetz für Herz und Seele sein.

Ein ewiges Kochen statt fröhlichem Schmaus,
Was soll denn das Zählen, das Wägen, das Grollen?
Bei allem dem kommt nichts heraus,
Als daß wir keine Herameter machen sollen
Und sollen uns patriotisch fügen,
An Knüttelversen uns zu begnügen.

Kunst und Altertum.

„Was ist denn Kunst und Altertum,
Was Altertum und Kunst?"
Genug, das eine hat den Ruhm,
Das andre hat die Gunst.

Museen.

An Bildern schleppt ihr hin und her
Verlornes und Erworbnes;
Und bei dem Senden kreuz und quer,
Was bleibt uns denn? — Verdorbnes!

Panacee.

„Sprich! wie du dich immer und immer erneuſt?"
Kannſt's auch), wenn du immer am Großen dich freuſt.
Das Große bleibt friſch, erwärmend, belebend;
Im Kleinlichen fröſtelt der Kleinliche bebend.

Homer wieder Homer.

Scharfſinnig habt ihr, wie ihr ſeid,
Von aller Verehrung uns befreit,
Und wir bekannten überfrei,
Daß Ilias nur ein Flickwerk ſei.

Mög' unſer Abfall niemand kränken;
Denn Jugend weiß uns zu entzünden,
Daß wir ihn lieber als Ganzes denken,
Als Ganzes freudig ihn empfinden.

Zum Diwan.

Wer ſich ſelbſt und andre kennt,
Wird auch hier erkennen:
Orient und Occident
Sind nicht mehr zu trennen.

Sinnig zwiſchen beiden Welten
Sich zu wiegen, laſſ' ich gelten;
Alſo zwiſchen Oſt und Weſten
Sich bewegen, ſei's zum beſten.

Was iſt der Himmel, was iſt die Welt,
Als das, wofür eben einer ſie hält;
Was hilft uns alle Herrlichkeit
Ohne Seelen-Behaglichkeit
Und ohne des Leibes Liebesleben?
Was hilft euch alles Streiten und Streben?
Von dieſer großen Lehre durchdrungen,
Habt ihr ein Liedlein hier vorgeſungen
Vom Prinz, er heißt — ich weiß nicht, wie —
Mit dem Zunamen Radegifi.

Angedenken.

Angedenken an das Gute
Hält uns immer frisch bei Mute.

Angedenken an das Schöne
Ist das Heil der Erdensöhne.

Angedenken an das Liebe,
Glücklich! wenn's lebendig bliebe.

Angedenken an das Eine
Bleibt das Beste, was ich meine.

Weltlitteratur.

Wie David königlich zur Harfe sang,
Der Winzerin Lied am Throne lieblich klang,
Des Persers Bulbul Rosenbusch umbangt
Und Schlangenhaut als Wildengürtel prangt,
Von Pol zu Pol Gesänge sich erneun —
Ein Sphärentanz, harmonisch im Getümmel —
Laßt alle Völker unter gleichem Himmel
Sich gleicher Gabe wohlgemut erfreun!

Gleichgewinn.

Geht einer mit dem andern hin
Und auch wohl vor dem andern;
Drum laßt uns, treu und brav und kühn,
Die Lebenspfade wandern.
Es fällt ein jüngerer Soldat
Wohl in den ersten Schlachten;
Der andre muß ins Alter spat
Im Biwak übernachten.
Doch weiß er eifrig seinen Ruhm
Und seines Herrn zu mehren,
So bleibt sein letztes Eigentum
Gewiß das Bett der Ehren.

Lebensgenuß.

„Wie man nur so leben mag?
Du machst dir gar keinen guten Tag!"
Ein guter Abend kommt heran,
Wenn ich den ganzen Tag gethan.

Wenn man mich da- und dorthin zerrt
Und wo ich nichts vermag,
Bin von mir selbst nur abgesperrt,
Da hab' ich keinen Tag.

Thut sich nun auf, was man bedarf
Und was ich wohl vermag,
Da greif' ich ein, es geht so scharf,
Da hab' ich meinen Tag.

Ich scheine mir an keinem Ort,
Auch Zeit ist keine Zeit,
Ein geistreich-aufgeschloßnes Wort
Wirkt auf die Ewigkeit.

Heut und ewig.

Unmöglich ist's, den Tag dem Tag zu zeigen,
Der nur Verworrnes im Verworrnen spiegelt,
Und jeder selbst sich fühlt als recht und eigen,
Statt sich zu zügeln, nur am andern zügelt;
Da ist's den Lippen besser, daß sie schweigen,
Indes der Geist sich fort und fort beflügelt.
Aus gestern wird nicht heute; doch Aeonen,
Sie werden wechselnd sinken, werden thronen.

Schlußpoetik.

Sage, Muse, sag' dem Dichter,
Wie er denn es machen soll?
Denn der wunderlichsten Richter
Ist die liebe Welt so voll.

Immer hab' ich doch den rechten
Klaren Weg im Lied gezeigt,
Immer war es doch den schlechten
Düstern Pfaden abgeneigt.

Aber was die Herren wollten,
Ward mir niemals ganz bekannt;
Wenn sie wüßten, was sie sollten,
Wär' es auch wohl bald genannt.

„Willst du dir ein Maß bereiten,
Schaue, was den Edlen mißt,
Was ihn auch entstellt zu Zeiten,
Wenn der Leichtsinn sich vergißt.

„Solch ein Inhalt deiner Sänge,
Der erbauet, der gefällt,
Und im wüstesten Gedränge
Dankt's die stille beßre Welt.

„Frage nicht nach anderm Titel,
Reinem Willen bleibt sein Recht!
Und die Schurken laß dem Büttel
Und die Narren dem Geschlecht."

Der Narr epilogiert.

Manch gutes Werk hab' ich verricht,
Ihr nehmt das Lob, das kränkt mich nicht.
Ich denke, daß sich in der Welt
Alles bald wieder ins Gleiche stellt.
Lobt man mich, weil ich was Dummes gemacht,
Dann mir das Herz im Leibe lacht;
Schilt man mich, weil ich was Gutes gethan,
So nehm' ich's ganz gemächlich an.
Schlägt mich ein Mächtiger, daß es schmerzt,
So thu' ich, als hätt' er nur gescherzt;
Doch ist es einer von meinesgleichen,
Den weiß ich wacker durchzustreichen.
Hebt mich das Glück, so bin ich froh
Und sing' in dulci Jubilo;
Senkt sich das Rad und quetscht mich nieder,
So denk' ich: Nun, es hebt sich wieder!
Grille nicht bei Sommersonnenschein,
Daß es wieder werde Winter sein;
Und kommen die weißen Flockenscharen,
Da lieb' ich mir das Schlittenfahren.
Ich mag mich stellen, wie ich will,
Die Sonne hält mir doch nicht still,

Und immer geht's den alten Gang
Das liebe lange Leben lang;
Der Knecht sowie der Herr vom Haus
Ziehen sich täglich an und aus,
Sie mögen sich hoch oder niedrig messen,
Müssen wachen, schlafen, trinken und essen.
Drum trag' ich über nichts ein Leid;
Macht's wie der Narr, so seid ihr gescheit!

Politika.

Bei einer großen Wassersnot
Rief man zu Hilfe das Feuer;
Da ward sogleich der Himmel rot,
Und nirgend war es geheuer:
Durch Wälder und Felder kamen gerannt
Die Blitze zu flammenden Rotten,
Die ganze Erde, sie war verbrannt,
Noch eh die Fische gesotten.

Und als die Fische gesotten waren,
Bereitet' man große Feste;
Ein jeder brachte sein Schüsselein mit,
Groß war die Zahl der Gäste;
Ein jeder drängte sich herbei,
Hier gab es keine Faule;
Die Gröbsten aber schlugen sich durch
Und fraßen's den andern vom Maule.

Die Engel stritten für uns Gerechte,
Zogen den kürzern in jedem Gefechte;
Da stürzte denn alles drüber und drunter,
Dem Teufel gehörte der ganze Plunder.
Nun ging es an ein Beten und Flehen!
Gott ward bewegt, herein zu sehen.
Spricht Logos, dem die Sache klar
Von Ewigkeit her gewesen war:
Sie sollten sich keineswegs genieren,
Sich auch einmal als Teufel gerieren,

Auf jede Weise den Sieg erringen
Und hierauf das Tedeum singen.
Das ließen sie sich nicht zweimal sagen,
Und siehe! die Teufel waren geschlagen.
Natürlich fand man hinterdrein,
Es sei recht hübsch, ein Teufel zu sein.

––––––––

Am jüngsten Tag vor Gottes Thron
Stand endlich Held Napoleon.
Der Teufel hielt ein großes Register
Gegen denselben und seine Geschwister,
War ein wundersam verruchtes Wesen:
Satan fing an, es abzulesen.

Gott Vater, oder Gott der Sohn,
Einer von beiden sprach vom Thron,
Wenn nicht etwa gar der heilige Geist
Das Wort genommen allermeist:

„Wiederhol's nicht vor göttlichen Ohren!
Du sprichst wie die deutschen Professoren.
Wir wissen alles, mach' es kurz!
Am jüngsten Tag ist's nur ein....
Getraust du dich, ihn anzugreifen,
So magst du ihn nach der Hölle schleifen.“

––––––––

Wolltet ihr in Leipzigs Gauen
Denkmal in die Wolken richten,
Wandert, Männer all' und Frauen,
Frommen Umgang zu verrichten!

Jeder werfe dann die Narrheit,
Die ihn selbst und andre quälet,
Zu des runden Haufens Starrheit,
Nicht ist unser Zweck verfehlet.

Ziehen Junker auch und Fräulen
Zu der Wallfahrt stillem Frieden,
Wie erhabne Riesensäulen
Wachsen unsre Pyramiden.

––––––––

Die Deutschen sind recht gute Leut':
Sind sie einzeln, sie bringen's weit;

Nun sind ihnen auch die größten Thaten
Zum erstenmal im Ganzen geraten.
Ein jeder spreche Amen darein,
Daß es nicht möge das letztemal sein!

Dem Fürsten Blücher von Wahlstadt

die Seinigen.

In Harren und Krieg,
In Sturz und Sieg
Bewußt und groß!
So riß er uns
Von Feinden los.

Gott und Welt.

Weite Welt und breites Leben,
Langer Jahre redlich Streben,
Stets geforscht und stets gegründet,
Nie geschlossen, oft gerundet,
Aeltestes bewahrt mit Treue,
Freundlich aufgefaßtes Neue,
Heitern Sinn und reine Zwecke:
Nun, man kommt wohl eine Strecke.

Proœmion.

Im Namen dessen, der sich selbst erschuf,
Von Ewigkeit in schaffendem Beruf;
In seinem Namen, der den Glauben schafft,
Vertrauen, Liebe, Thätigkeit und Kraft;
In jenes Namen, der, so oft genannt,
Dem Wesen nach blieb immer unbekannt:

So weit das Ohr, so weit das Auge reicht,
Du findest nur Bekanntes, das ihm gleicht,
Und deines Geistes höchster Feuerflug
Hat schon am Gleichniß, hat am Bild genug;
Es zieht dich an, es reißt dich heiter fort,
Und wo du wandelst, schmückt sich Weg und Ort.
Du zählst nicht mehr, berechnest keine Zeit,
Und jeder Schritt ist Unermeßlichkeit.

Was wär' ein Gott, der nur von außen stieße,
Im Kreis das All am Finger laufen ließe!
Ihm ziemt's, die Welt im Innern zu bewegen,
Natur in sich, sich in Natur zu hegen,
So daß, was in ihm lebt und webt und ist,
Nie seine Kraft, nie seinen Geist vermißt.

Im Innern ist ein Universum auch;
Daher der Völker löblicher Gebrauch,
Daß jeglicher das Beste, was er kennt,
Er Gott, ja, seinen Gott benennt,
Ihm Himmel und Erden übergibt,
Ihn fürchtet und wo möglich liebt.

Weltseele.

Verteilet euch nach allen Regionen
Von diesem heil'gen Schmaus!
Begeistert reißt euch durch die nächsten Zonen
Ins All und füllt es aus!

Schon schwebet ihr, in ungemeßnen Fernen,
Den sel'gen Göttertraum
Und leuchtet neu, gesellig, unter Sternen
Im lichtbesäten Raum.

Dann treibt ihr euch, gewaltige Kometen,
Ins Weit' und Weitr' hinan;
Das Labyrinth der Sonnen und Planeten
Durchschneidet eure Bahn.

Ihr greifet rasch nach ungeformten Erden
Und wirket schöpfrisch jung,
Daß sie belebt und stets belebter werden
Im abgemeßnen Schwung.

Und kreisend führt ihr in bewegten Lüften
Den wandelbaren Flor
Und schreibt dem Stein in allen seinen Grüften
Die festen Formen vor.

Nun alles sich mit göttlichem Erkühnen
Zu übertreffen strebt;
Das Wasser will, das unfruchtbare, grünen,
Und jedes Stäubchen lebt.

Und so verdrängt mit liebevollem Streiten
Der feuchten Qualme Nacht;
Nun glühen schon des Paradieses Weiten
In überbunter Pracht.

Wie regt sich bald, ein holdes Licht zu schauen,
Gestaltenreiche Schar,
Und ihr erstaunt, auf den beglückten Auen,
Nun als das erste Paar;

Und bald verlischt ein unbegrenztes Streben
Im sel'gen Wechselblick.
Und so empfangt mit Dank das schönste Leben
Vom All ins All zurück.

Eins und Alles.

Im Grenzenlosen sich zu finden,
Wird gern der einzelne verschwinden,
Da löst sich aller Ueberdruß;
Statt heißem Wünschen, wildem Wollen,
Statt läst'gem Fordern, strengem Sollen,
Sich aufzugeben, ist Genuß.

Weltseele, komm, uns zu durchdringen!
Dann mit dem Weltgeist selbst zu ringen,
Wird unsrer Kräfte Hochberuf.
Teilnehmend führen gute Geister,
Gelinde leitend, höchste Meister,
Zu dem, der alles schafft und schuf.

Und umzuschaffen das Geschaffne,
Damit sich's nicht zum Starren waffne,
Wirkt ewiges, lebendiges Thun.
Und was nicht war, nun will es werden
Zu reinen Sonnen, farbigen Erden;
In keinem Falle darf es ruhn.

Es soll sich regen, schaffend handeln,
Erst sich gestalten, dann verwandeln;
Nur scheinbar steht's Momente still.
Das Ewige regt sich fort in allen;
Denn alles muß in Nichts zerfallen,
Wenn es im Sein beharren will.

Vermächtnis.

Kein Wesen kann zu nichts zerfallen!
Das Ewige regt sich fort in allen,
Am Sein erhalte dich beglückt!
Das Sein ist ewig; denn Gesetze
Bewahren die lebendigen Schätze,
Aus welchen sich das All geschmückt.

Das Wahre war schon längst gefunden,
Hat edle Geisterschaft verbunden,
Das alte Wahre, faß' es an!
Verdank' es, Erdensohn, dem Weisen,
Der ihr, die Sonne zu umkreisen,
Und dem Geschwister wies die Bahn.

Sofort nun wende dich nach innen,
Das Zentrum findest du da drinnen,
Woran kein Edler zweifeln mag.
Wirst keine Regel da vermissen;
Denn das selbständige Gewissen
Ist Sonne deinem Sittentag.

Den Sinnen hast du dann zu trauen:
Kein Falsches lassen sie dich schauen,
Wenn dein Verstand dich wach erhält.
Mit frischem Blick bemerke freudig
Und wandle, sicher wie geschmeidig,
Durch Auen reich begabter Welt.

Genieße mäßig Füll' und Segen;
Vernunft sei überall zugegen,
Wo Leben sich des Lebens freut.
Dann ist Vergangenheit beständig,
Das Künftige voraus lebendig,
Der Augenblick ist Ewigkeit.

Und war es endlich dir gelungen,
Und bist du vom Gefühl durchdrungen:
Was fruchtbar ist, allein ist wahr;
Du prüfst das allgemeine Walten,
Es wird nach seiner Weise schalten,
Geselle dich zur kleinsten Schar.

Und wie von alters her, im stillen,
Ein Liebewerk nach eignem Willen

Der Philosoph, der Dichter schuf,
So wirst du schönste Gunst erzielen:
Denn edlen Seelen vorzufühlen
Ist wünschenswertester Beruf.

Parabase.

Freudig war vor vielen Jahren
Eifrig so der Geist bestrebt,
Zu erforschen, zu erfahren,
Wie Natur im Schaffen lebt.
Und es ist das ewig Eine,
Das sich vielfach offenbart;
Klein das Große, groß das Kleine,
Alles nach der eignen Art.
Immer wechselnd, fest sich haltend,
Nah und fern und fern und nah;
So gestaltend, umgestaltend —
Zum Erstaunen bin ich da.

Die Metamorphose der Pflanzen.

Dich verwirret, Geliebte, die tausendfältige Mischung
 Dieses Blumengewühls über dem Garten umher;
Viele Namen hörest du an, und immer verdränget
 Mit barbarischem Klang einer den andern im Ohr.
Alle Gestalten sind ähnlich, und keine gleichet der andern;
 Und so deutet das Chor auf ein geheimes Gesetz,
Auf ein heiliges Rätsel. O, könnt' ich dir, liebliche Freundin,
 Ueberliefern sogleich glücklich das lösende Wort!
Werdend betrachte sie nun, wie nach und nach sich die Pflanze,
 Stufenweise geführt, bildet zu Blüten und Frucht.
Aus dem Samen entwickelt sie sich, sobald ihn der Erde
 Stille befruchtender Schoß hold in das Leben entläßt
Und dem Reize des Lichts, des heiligen, ewig bewegten,
 Gleich den zärtesten Bau keimender Blätter empfiehlt.
Einfach schlief in dem Samen die Kraft; ein beginnendes Vorbild
 Lag, verschlossen in sich, unter die Hülle gebeugt:
Blatt und Wurzel und Keim, nur halb geformet und farblos;
 Trocken erhält so der Kern ruhiges Leben bewahrt,
Quillet strebend empor, sich milder Feuchte vertrauend,
 Und erhebt sich sogleich aus der umgebenden Nacht.

Aber einfach bleibt die Gestalt der ersten Erscheinung;
 Und so bezeichnet sich auch unter den Pflanzen das Kind.
Gleich darauf ein folgender Trieb, sich erhebend, erneuet,
 Knoten auf Knoten getürmt, immer das erste Gebild.
Zwar nicht immer das gleiche; denn mannigfaltig erzeugt sich,
 Ausgebildet, du siehst's, immer das folgende Blatt,
Ausgedehnter, gekerbter, getrennter in Spitzen und Teile,
 Die verwachsen vorher ruhten im untern Organ.
Und so erreicht es zuerst die höchst bestimmte Vollendung,
 Die bei manchem Geschlecht dich zum Erstaunen bewegt.
Viel gerippt und gezackt, auf mastig strotzender Fläche,
 Scheinet die Fülle des Triebs frei und unendlich zu sein.
Doch hier hält die Natur mit mächtigen Händen die Bildung
 An und lenket sie sanft in das Vollkommnere hin.
Mäßiger leitet sie nun den Saft, verengt die Gefäße,
 Und gleich zeigt die Gestalt zärtere Wirkungen an.
Stille zieht sich der Trieb der strebenden Ränder zurücke,
 Und die Rippe des Stiels bildet sich völliger aus.
Blattlos aber und schnell erhebt sich der zärtere Stengel,
 Und ein Wundergebild zieht den Betrachtenden an.
Rings im Kreise stellet sich nun, gezählet und ohne
 Zahl, das kleinere Blatt neben dem ähnlichen hin.
Um die Achse gedrängt, entscheidet der bergende Kelch sich,
 Der zur höchsten Gestalt farbige Kronen entläßt.
Also prangt die Natur in hoher voller Erscheinung,
 Und sie zeiget, gereiht, Glieder an Glieder gestuft.
Immer staunst du aufs neue, sobald sich am Stengel die Blume
 Ueber dem schlanken Gerüst wechselnder Blätter bewegt.
Aber die Herrlichkeit wird des neuen Schaffens Verkündung;
 Ja, das farbige Blatt fühlet die göttliche Hand.
Und zusammen zieht es sich schnell; die zärtesten Formen,
 Zwiefach streben sie vor, sich zu vereinen bestimmt.
Traulich stehen sie nun, die holden Paare, beisammen,
 Zahlreich ordnen sie sich um den geweihten Altar.
Hymen schwebet herbei, und herrliche Düfte gewaltig
 Strömen süßen Geruch, alles belebend, umher.
Nun vereinzelt schwellen sogleich unzählige Keime,
 Hold in den Mutterschoß schwellender Früchte gehüllt.
Und hier schließt die Natur den Ring der ewigen Kräfte;
 Doch ein neuer sogleich fasset den vorigen an,
Daß die Kette sich fort durch alle Zeiten verlänge
 Und das Ganze belebt, so wie das Einzelne, sei.
Wende nun, o Geliebte, den Blick zum bunten Gewimmel,
 Das verwirrend nicht mehr sich vor dem Geiste bewegt.

Jede Pflanze verkündet dir nun die ew'gen Gesetze,
 Jede Blume, sie spricht lauter und lauter mit dir.
Aber entzifferst du hier der Göttin heilige Lettern,
 Ueberall siehst du sie dann, auch in verändertem Zug.
Kriechend zaudre die Raupe, der Schmetterling eile geschäftig,
 Bildsam ändre der Mensch selbst die bestimmte Gestalt!
O, gedenke denn auch, wie aus dem Keim der Bekanntschaft
 Nach und nach in uns holde Gewohnheit entsproß,
Freundschaft sich mit Macht in unserm Innern enthüllte,
 Und wie Amor zuletzt Blüten und Früchte gezeugt.
Denke, wie mannigfach bald die, bald jene Gestalten,
 Still entfaltend, Natur unsern Gefühlen geliehn!
Freue dich auch des heutigen Tags! Die heilige Liebe
 Strebt zu der höchsten Frucht gleicher Gesinnungen auf,
Gleicher Ansicht der Dinge, damit in harmonischem Anschaun
 Sich verbinde das Paar, finde die höhere Welt.

Epirrhema.

Müsset im Naturbetrachten
Immer eins wie alles achten;
Nichts ist drinnen, nichts ist draußen:
Denn was innen, das ist außen.
So ergreifet ohne Säumnis
Heilig öffentlich Geheimnis.

*

Freuet euch des wahren Scheins,
Euch des ernsten Spieles:
Kein Lebendiges ist ein Eins,
Immer ist's ein Vieles.

Metamorphose der Tiere.

Wagt ihr, also bereitet, die letzte Stufe zu steigen
Dieses Gipfels, so reicht mir die Hand und öffnet den freien
Blick ins weite Feld der Natur. Sie spendet die reichen
Lebensgaben umher, die Göttin; aber empfindet
Keine Sorge wie sterbliche Fraun um ihrer Gebornen
Sichere Nahrung; ihr ziemet es nicht: denn zwiefach bestimmte
Sie das höchste Gesetz, beschränkte jegliches Leben,

Gab ihm gemeßnes Bedürfnis, und ungemeſſene Gaben,
Leicht zu finden, ſtreute ſie aus, und ruhig begünſtigt
Sie das muntre Bemühn der vielfach bedürftigen Kinder;
Unerzogen ſchwärmen ſie fort nach ihrer Beſtimmung.

Zweck ſein ſelbſt iſt jegliches Tier, vollkommen entſpringt es
Aus dem Schoß der Natur und zeugt vollkommene Kinder.
Alle Glieder bilden ſich aus nach ew'gen Geſetzen,
Und die ſeltenſte Form bewahrt im geheimen das Urbild.
So iſt jeglicher Mund geſchickt, die Speiſe zu faſſen,
Welche dem Körper gebührt; es ſei nun ſchwächlich und zahnlos
Oder mächtig der Kiefer gezahnt, in jeglichem Falle
Fördert ein ſchicklich Organ den übrigen Gliedern die Nahrung.
Auch bewegt ſich jeglicher Fuß, der lange, der kurze,
Ganz harmoniſch zum Sinne des Tiers und ſeinem Bedürfnis.
So iſt jedem der Kinder die volle, reine Geſundheit
Von der Mutter beſtimmt: denn alle lebendigen Glieder
Widerſprechen ſich nie und wirken alle zum Leben.
Alſo beſtimmt die Geſtalt die Lebensweiſe des Tieres,
Und die Weiſe, zu leben, ſie wirkt auf alle Geſtalten
Mächtig zurück. So zeiget ſich feſt die geordnete Bildung,
Welche zum Wechſel ſich neigt durch äußerlich wirkende Weſen.
Doch im Innern befindet die Kraft der edlern Geſchöpfe
Sich im heiligen Kreiſe lebendiger Bildung beſchloſſen.
Dieſe Grenzen erweitert kein Gott, es ehrt die Natur ſie:
Denn nur alſo beſchränkt war je das Vollkommene möglich.

Doch im Inneren ſcheint ein Geiſt gewaltig zu ringen,
Wie er durchbräche den Kreis, Willkür zu ſchaffen den Formen
Wie dem Wollen; doch, was er beginnt, beginnt er vergebens.
Denn zwar drängt er ſich vor zu dieſen Gliedern, zu jenen,
Stattet mächtig ſie aus, jedoch ſchon darben dagegen
Andere Glieder, die Laſt des Uebergewichtes vernichtet
Alle Schöne der Form und alle reine Bewegung.
Siehſt du alſo dem einen Geſchöpf beſonderen Vorzug
Irgend gegönnt, ſo frage nur gleich, wo leidet es etwa
Mangel anderswo, und ſuche mit forſchendem Geiſte,
Finden wirſt du ſogleich zu aller Bildung den Schlüſſel.
Denn ſo hat kein Tier, dem ſämtliche Zähne den obern
Kiefer umzäunen, ein Horn auf ſeiner Stirne getragen,
Und daher iſt den Löwen gehörnt der ewigen Mutter
Ganz unmöglich zu bilden, und böte ſie alle Gewalt auf;
Denn ſie hat nicht Maſſe genug, die Reihen der Zähne
Völlig zu pflanzen und auch Geweih und Hörner zu treiben.

Dieſer ſchöne Begriff von Macht und Schranken, von Willkür
Und Geſetz, von Freiheit und Maß, von beweglicher Ordnung,

Vorzug und Mangel erfreue dich hoch! Die heilige Muse
Bringt harmonisch ihn dir, mit sanftem Zwange belehrend.
Keinen höhern Begriff erringt der sittliche Denker,
Keinen der thätige Mann, der dichtende Künstler; der Herrscher,
Der verdient es zu sein, erfreut nur durch ihn sich der Krone.
Freue dich, höchstes Geschöpf, der Natur! Du fühlest dich fähig,
Ihr den höchsten Gedanken, zu dem sie schaffend sich aufschwang,
Nachzudenken. Hier stehe nun still und wende die Blicke
Rückwärts, prüfe, vergleiche und nimm vom Munde der Muse,
Daß du schauest, nicht schwärmst, die liebliche volle Gewißheit.

Antepirrhema.

So schauet mit bescheidnem Blick
Der ewigen Weberin Meisterstück,
Wie ein Tritt tausend Fäden regt,
Die Schifflein hinüber herüber schießen,
Die Fäden sich begegnend fließen,
Ein Schlag tausend Verbindungen schlägt;
Das hat sie nicht zusammengebettelt,
Sie hat's von Ewigkeit angezettelt,
Damit der ewige Meistermann
Getrost den Einschlag werfen kann.

Urworte. Orphisch.

ΔΑΙΜΩΝ, Dämon.

Wie an dem Tag, der dich der Welt verliehen,
Die Sonne stand zum Gruße der Planeten,
Bist alsobald und fort und fort gediehen
Nach dem Gesetz, wonach du angetreten.
So mußt du sein, dir kannst du nicht entfliehen,
So sagten schon Sibyllen, so Propheten;
Und keine Zeit und keine Macht zerstückelt
Geprägte Form, die lebend sich entwickelt.

ΤΥΧΗ, das Zufällige.

Die strenge Grenze doch umgeht gefällig
Ein Wandelndes, das mit und um uns wandelt;
Nicht einsam bleibst du, bildest dich gesellig
Und handelst wohl so wie ein andrer handelt.

Im Leben iſt's bald hin= bald wiederfällig,
Es iſt ein Tand und wird ſo durchgetandelt.
Schon hat ſich ſtill der Jahre Kreis gerundet,
Die Lampe harrt der Flamme, die entzündet.

EPΩΣ, Liebe.

Die bleibt nicht aus! — Er ſtürzt vom Himmel nieder,
Wohin er ſich aus alter Oede ſchwang.
Er ſchwebt heran auf luſtigem Geſieder
Um Stirn und Bruſt den Frühlingstag entlang,
Scheint jetzt zu fliehn, vom Fliehen kehrt er wieder,
Da wird ein Wohl im Weh, ſo ſüß und bang.
Gar manches Herz verſchwebt im allgemeinen,
Doch widmet ſich das edelſte dem Einen.

ANAΓKH, Nötigung.

Da iſt's denn wieder, wie die Sterne wollten:
Bedingung und Geſetz und aller Wille
Iſt nur ein Wollen, weil wir eben ſollten,
Und vor dem Willen ſchweigt die Willkür ſtille;
Das Liebſte wird vom Herzen weggeſcholten,
Dem harten Muß bequemt ſich Will' und Grille.
So ſind wir ſcheinfrei denn, nach manchen Jahren,
Nur enger dran, als wir am Anfang waren.

EΛΠIΣ, Hoffnung.

Doch ſolcher Grenze, ſolcher ehrnen Mauer
Höchſt widerwärt'ge Pforte wird entriegelt,
Sie ſtehe nur mit alter Felſendauer!
Ein Weſen regt ſich leicht und ungezügelt:
Aus Wolkendecke, Nebel, Regenſchauer
Erhebt ſie uns, mit ihr, durch ſie beflügelt:
Ihr kennt ſie wohl, ſie ſchwärmt durch alle Zonen;
Ein Flügelſchlag — und hinter uns Aeonen!

Atmoſphäre.

„Die Welt, ſie iſt ſo groß und breit,
Der Himmel auch ſo hehr und weit,
Ich muß das alles mit Augen faſſen,
Will ſich aber nicht recht denken laſſen.‟

Dich im Unendlichen zu finden,
Mußt unterscheiden und dann verbinden.
Drum danket mein beflügelt Lied
Dem Manne, der Wolken unterschied.

Howards Ehrengedächtnis.

Wenn Gottheit Kamarupa, hoch und hehr,
Durch Lüfte schwankend wandelt leicht und schwer,
Des Schleiers Falten sammelt, sie zerstreut,
Am Wechsel der Gestalten sich erfreut,
Jetzt starr sich hält, dann schwindet wie ein Traum,
Da staunen wir und traun dem Auge kaum;

Nun regt sich kühn des eignen Bildens Kraft,
Die Unbestimmtes zu Bestimmtem schafft;
Da droht ein Leu, dort wogt ein Elefant,
Kameles Hals, zum Drachen umgewandt,
Ein Heer zieht an, doch triumphiert es nicht,
Da es die Macht am steilen Felsen bricht;
Der treuste Wolkenbote selbst zerstiebt,
Eh er die Fern' erreicht, wohin man liebt.

Er aber, Howard, gibt mit reinem Sinn
Uns neuer Lehre herrlichsten Gewinn.
Was sich nicht halten, nicht erreichen läßt,
Er faßt es an, er hält zuerst es fest,
Bestimmt das Unbestimmte, schränkt es ein,
Benennt es treffend! — Sei die Ehre dein! —
Wie Streife steigt, sich ballt, zerflattert, fällt,
Erinnre dankbar deiner sich die Welt.

Stratus.

Wenn von dem stillen Wasserspiegel-Plan
Ein Nebel hebt den flachen Teppich an,
Der Mond, dem Wallen des Erscheins vereint,
Als ein Gespenst Gespenster bildend scheint,
Dann sind wir alle, das gestehn wir nur,
Erquickt', erfreute Kinder, o Natur!

Dann hebt sich's wohl am Berge, sammelnd breit
An Streife Streifen, so umdüstert's weit
Die Mittelhöhe, beidem gleich geneigt,
Ob's fallend wässert oder luftig steigt.

Cumulus.

Und wenn darauf zu höhrer Atmosphäre
Der tüchtige Gehalt berufen wäre,
Steht Wolke hoch, zum Herrlichsten geballt,
Verkündet, festgebildet, Machtgewalt.
Und, was ihr fürchtet und auch wohl erlebt,
Wie's oben drohet, so es unten bebt.

Cirrus.

Doch immer höher steigt der edle Drang!
Erlösung ist ein himmlisch leichter Zwang.
Ein Aufgehäuftes, flockig löst sich's auf,
Wie Schäflein trippelnd, leicht gekämmt zu Hauf.
So fließt zuletzt, was unten leicht entstand,
Dem Vater oben still in Schoß und Hand.

Nimbus.

Nun laßt auch niederwärts, durch Erdgewalt
Herabgezogen, was sich hoch geballt,
In Donnerwettern wütend sich ergehn,
Heerscharen gleich entrollen und verwehn! —
Der Erde thätig-leidendes Geschick!
Doch mit dem Bilde hebet euren Blick:
Die Rede geht herab, denn sie beschreibt,
Der Geist will aufwärts, wo er ewig bleibt.

Wohl zu merken!

Und wenn wir unterschieden haben,
Dann müssen wir lebendige Gaben
Dem Abgesonderten wieder verleihen
Und uns eines Folge-Lebens erfreuen.

So, wenn der Maler, der Poet,
Mit Howards Sondrung wohl vertraut,
Des Morgens früh, am Abend spät
Die Atmosphäre prüfend schaut,

Da läßt er den Charakter gelten;
Doch ihm erteilen luftige Welten
Das Uebergängliche, das Milde,
Daß er es fasse, fühle, bilde.

Was es gilt.

Dem Chromatiker.

Bringst du die Natur heran,
Daß sie jeder nutzen kann:
Falsches hast du nicht ersonnen,
Hast der Menschen Gunst gewonnen.

*

Möget ihr das Licht zerstückeln,
Farb' um Farbe draus entwickeln,
Oder andre Schwänke führen,
Kügelchen polarisieren,
Daß der Hörer ganz erschrocken
Fühlet Sinn und Sinne stocken:
Nein! es soll euch nicht gelingen,
Sollt uns nicht beiseite bringen;
Kräftig, wie wir's angefangen,
Wollen wir zum Ziel gelangen.

Herkömmlich.

Priester werden Messe singen,
Und die Pfarrer werden pred'gen;
Jeder wird vor allen Dingen
Seiner Meinung sich entled'gen
Und sich der Gemeine freuen,
Die sich um ihn her versammelt,
So im alten wie im neuen
Ohngefähre Worte stammelt.

Und so lasset auch die Farben
Mich nach meiner Art verkünden,
Ohne Wunden, ohne Narben,
Mit der läßlichsten der Sünden.

––––––––

Gesetz der Trübe.

Freunde, flieht die dunkle Kammer,
Wo man euch das Licht verzwickt
Und mit kümmerlichstem Jammer
Sich verschrobnen Bildern bückt.
Abergläubische Verehrer
Gab's die Jahre her genug,
In den Köpfen eurer Lehrer
Laßt Gespenst und Wahn und Trug.

Wenn der Blick an heitern Tagen
Sich zur Himmelsbläue lenkt,
Beim Sirok der Sonnenwagen
Purpurrot sich niedersenkt:
Da gebt der Natur die Ehre,
Froh, an Aug' und Herz gesund,
Und erkennt der Farbenlehre
Allgemeinen ewigen Grund!

––––––––

Allerdings.

Dem Physiker.

„Ins Innre der Natur —"
O du Philister! —
„Dringt kein erschaffner Geist."
Mich und Geschwister
Mögt ihr an solches Wort
Nur nicht erinnern;
Wir denken: Ort für Ort
Sind wir im Innern.
„Glückselig, wem sie nur
Die äußre Schale weist!"
Das hör' ich sechzig Jahre wiederholen,
Ich fluche drauf, aber verstohlen;

Sage mir tausend tausend Male:
Alles gibt sie reichlich und gern;
Natur hat weder Kern
Noch Schale,
Alles ist sie mit einem Male;
Dich prüfe du nur allermeist,
Ob du Kern oder Schale seist.

Ultimatum.

Und so sag' ich zum letztenmale:
Alles gibt sie reichlich und gern;
Natur hat weder Kern
Noch Schale;
Du prüfe dich nur allermeist,
Ob du Kern oder Schale seist!

*

„Wir kennen dich, du Schalk!
Du machst nur Possen;
Vor unsrer Nase doch
Ist viel verschlossen."

Ihr folget falscher Spur;
Denkt nicht, wir scherzen!
Ist nicht der Kern der Natur
Menschen im Herzen?

Die Weisen und die Leute.

Epimenides.

Kommt, Brüder! sammelt euch im Hain;
Schon drängt das Volk, es strömt herein,
Von Nord, Süd, West und Osten.
Sie möchten gern belehret sein,
Doch soll's nicht Mühe kosten.
Ich bitt' euch, haltet euch bereit,
Ihm derb den Text zu lesen.

Die Leute.

Ihr Grillenfänger sollt uns heut
Zur Rede stehn, mit Deutlichkeit,

Und nicht mit dunklem Wesen.
Sagt! — Ist die Welt von Ewigkeit?

Anaxagoras.

Ich glaub' es: denn zu jeder Zeit,
Wo sie noch nicht gewesen,
Das wäre schade gewesen.

Die Leute.

Doch, ob der Untergang ihr dräut?

Anaximenes.

Vermutlich! doch mir ist's nicht leid:
Denn bleibt nur Gott in Ewigkeit,
Wird's nie an Welten fehlen.

Die Leute.

Allein, was ist Unendlichkeit?

Parmenides.

Wie kannst du so dich quälen!
Geh in dich selbst! Entbehrst du drin
Unendlichkeit in Geist und Sinn,
So ist dir nicht zu helfen!

Die Leute.

Wo denken und wie denken wir?

Diogenes.

So hört doch auf, zu helfen!
Der Denker denkt vom Hut zum Schuh,
Und ihm gerät in Blitzes Nu
Das Was, das Wie, das Beste.

Die Leute.

Haust wirklich eine Seel' in mir?

Mimnermus.

Das frage deine Gäste.
Denn, siehst du, ich gestehe dir:
Das artige Wesen, das, entzückt,
Sich selbst und andre gern beglückt,
Das möcht' ich Seele nennen.

Die Leute.

Liegt auch bei Nacht der Schlaf auf ihr?

Periander.

Kann sich von dir nicht trennen.
Es kommt auf dich, du Körper, an!
Hast du dir leiblich wohlgethan,
Wird sie erquicklich ruhen.

Die Leute.

Was ist der sogenannte Geist?

Kleobulos.

Was man so Geist gewöhnlich heißt,
Antwortet, aber fragt nicht.

Die Leute.

Erkläre mir, was glücklich heißt.

Krates.

Das nackte Kind, das zagt nicht;
Mit seinem Pfennig springt es fort
Und kennt recht gut den Semmelort,
Ich meine des Bäckers Laden.

Die Leute.

Sprich, wer Unsterblichkeit beweist?

Aristipp.

Den rechten Lebensfaden
Spinnt einer, der lebt und leben läßt,
Er drille zu, er zwirne fest,
Der liebe Gott wird weisen.

Die Leute.

Ist's besser thörig oder klug?

Demokrit.

Das läßt sich auch begreifen.
Hält sich der Narr für klug genug,
So gönnt es ihm der Weise.

Die Leute.

Herrscht Zufall bloß und Augentrug?

Epikur.

Ich bleib' in meinem Gleise.
Den Zufall bändige zum Glück,

Ergötz' am Augentrug den Blick;
Hast Nutz und Spaß von beiden.

Die Leute.

Ist unsre Willensfreiheit Lug?

Zeno.

Es kommt drauf an, zu wagen.
Nur halte deinen Willen fest,
Und gehst du auch zu Grund zuletzt,
So hat's nicht viel zu sagen.

Die Leute.

Kam ich als böse schon zur Welt?

Pelagius.

Man muß dich wohl erfragen.
Du brachtest aus der Mutter Schooß
Fürwahr ein unerträglich Loos:
Gar ungeschickt zu fragen.

Die Leute.

Ist Beßrungstrieb uns zugesellt?

Plato.

Wär' Beßrung nicht die Lust der Welt,
So würdest du nicht fragen.
Mit dir versuch' erst umzugehn,
Und kannst du dich nicht selbst verstehn,
So quäl' nicht andre Leute.

Die Leute.

Doch herrschen Eigennutz und Geld!

Epictet.

Laß ihnen doch die Beute!
Die Rechenpfennige der Welt
Mußt du ihr nicht beneiden.

Die Leute.

So sag', was uns mit Recht gefällt,
Eh wir auf immer scheiden?

Die Weisen.

Mein erst Gesetz ist, in der Welt
Die Frager zu vermeiden.

Chinesisch-Deutsche
Jahres- und Tages-Zeiten.

I.

Sag', was könnt' uns Mandarinen,
Statt zu herrschen, müd zu dienen,
Sag', was könnt' uns übrig bleiben,
Als in solchen Frühlingstagen
Uns des Nordens zu entschlagen
Und am Wasser und im Grünen
Fröhlich trinken, geistig schreiben,
Schal' auf Schale, Zug in Zügen?

II.

Weiß wie Lilien, reine Kerzen,
Sternen gleich, bescheidner Beugung,
Leuchtet aus dem Mittelherzen
Rot gesäumt die Glut der Neigung.

So frühzeitige Narzissen
Blühen reihenweis im Garten.
Mögen wohl die Guten wissen,
Wen sie so spaliert erwarten?

III.

Ziehn die Schafe von der Wiese,
Liegt sie da, ein reines Grün;
Aber bald zum Paradiese
Wird sie bunt geblümt erblühn.

Hoffnung breitet leichte Schleier
Nebelhaft vor unsern Blick:
Wunscherfüllung, Sonnenfeier,
Wolkenteilung bring' uns Glück!

IV.

Der Pfau schreit häßlich, aber sein Geschrei
Erinnert mich ans himmlische Gefieder,
So ist mir auch sein Schreien nicht zuwider.
Mit indischen Gänsen ist's nicht gleicherlei;
Sie zu erdulden, ist unmöglich:
Die häßlichen, sie schreien unerträglich.

V.

Entwickle deiner Lüste Glanz
Der Abendsonne goldnen Strahlen,
Laß deines Schweifes Rad und Kranz
Kühn=äugelnd ihr entgegen prahlen.
Sie forscht, wo es im Grünen blüht,
Im Garten, überwölbt vom Blauen;
Ein Liebespaar, wo sie's ersieht,
Glaubt sie das Herrlichste zu schauen.

VI.

Der Kuckuck wie die Nachtigall,
Sie möchten den Frühling fesseln,
Doch drängt der Sommer schon überall
Mit Disteln und mit Nesseln;
Auch mir hat er das leichte Laub
An jenem Baum verdichtet,
Durch das ich sonst zu schönstem Raub
Den Liebesblick gerichtet;
Verdeckt ist mir das bunte Dach,
Die Gitter und die Pfosten;
Wohin mein Auge spähend brach,
Dort ewig bleibt mein Osten.

VII.

War schöner als der schönste Tag,
Drum muß man mir verzeihen,
Daß ich sie nicht vergessen mag,
Am wenigsten im Freien.
Im Garten war's, sie kam heran,
Mir ihre Gunst zu zeigen;
Das fühl' ich noch und denke dran
Und bleib' ihr ganz zu eigen.

VIII.

Dämmrung senkte sich von oben,
Schon ist alle Nähe fern;
Doch zuerst emporgehoben
Holden Lichts der Abendstern!
Alles schwankt ins Ungewisse,
Nebel schleichen in die Höh';
Schwarzvertiefte Finsternisse
Widerspiegelnd, ruht der See.

Nun am östlichen Bereiche
Ahn' ich Mondenglanz und =Glut,
Schlanker Weiden Haargezweige
Scherzen auf der nächsten Flut.
Durch bewegter Schatten Spiele
Zittert Lunas Zauberschein,
Und durchs Auge schleicht die Kühle
Sänftigend ins Herz hinein.

IX.

Nun weiß man erst, was Rosenknospe sei,
Jetzt, da die Rosenzeit vorbei;
Ein Spätling noch am Stocke glänzt
Und ganz allein die Blumenwelt ergänzt.

X.

Als Allerschönste bist du anerkannt,
Bist Königin des Blumenreichs genannt;
Unwidersprechlich allgemeines Zeugnis,
Streitsucht verbannend, wundersam Ereignis!
Du bist es also, bist kein bloßer Schein,
In dir trifft Schaun und Glauben überein;
Doch Forschung strebt und ringt, ermüdend nie,
Nach dem Gesetz, dem Grund, Warum und Wie.

XI.

„Mich ängstigt das Verfängliche
Im widrigen Geschwätz,
Wo nichts verharret, alles flieht,
Wo schon verschwunden, was man sieht;
Und mich umfängt das bängliche,
Das graugestrickte Netz." —
Getrost! Das Unvergängliche,
Es ist das ewige Gesetz,
Wonach die Ros' und Lilie blüht.

XII.

Hingesunken alten Träumen,
Buhlst mit Rosen, sprichst mit Bäumen
Statt der Mädchen, statt der Weisen;
Können das nicht löblich preisen;
Kommen deshalb die Gesellen,
Sich zur Seite dir zu stellen,
Finden, dir und uns zu dienen,
Pinsel, Farbe, Wein im Grünen.

XIII.

Die stille Freude wollt ihr stören?
Laßt mich bei meinem Becher Wein!
Mit andern kann man sich belehren,
Begeistert wird man nur allein.

XIV.

„Nun denn! Eh wir von hinnen eilen,
Hast noch was Kluges mitzuteilen?"

Sehnsucht ins Ferne, Künftige zu beschwichtigen,
Beschäftige dich hier und heut im Tüchtigen.

———✳———

www.ingramcontent.com/pod-product-compliance
Lightning Source LLC
Chambersburg PA
CBHW020620030726
47497CB00007B/2334